-A.W. BENEDICT-

# Beanstock

## Meurtre à Parsley Manor

Majordome Beanstock enquête (1)

**Traduit de l´allemand**: Nanette Fleurette
nanettefleurette@gmail.com

**Umschlaggestaltung:** Chris Wieduwilt

**Schriftdesign**: Tobias Wieduwilt

**Supervisor:** Chris Wieduwilt

©2021
Herstellung und Verlag:
BoD - Books on Demand,Norderstedt
ISBN: 9783754302989

**Bibliografische Information der Deutschen Nationalbibliothek:**
Die Deutsche Nationalbibliothek verzeichnet diese Publikation in der Deutschen Nationalbibliografie;
detaillierte bibliografische Daten sind im Internet abrufbar.

# -A.W. BENEDICT-
# Beanstock
## Meurtre à Parsley Manor

Majordome Beanstock enquête (1)

«Tous les actes répréhensibles jettent de longues ombres»

Agatha Christie

# RENDEZ-VOUS AVEC LA MORT

« Quelle pure perte de mon temps si précieux » marmonnait la vieille dame, tout en donnant de bruyants coups de canne qui résonnaient sur le pavé de Weststreet. Des passants consternés s'écartaient, en secouant la tête, avant de rejoindre bars et restaurants à proximité, après leur soirée au théâtre.

Le St Martin's Théâtre avait fait salle comble. Pour une pièce d'Agatha Christie, cette auteur de romans policiers très appréciée du public, la salle affichait toujours complet et son propriétaire était assuré d'une recette juteuse. Il pouvait d'ailleurs fort bien s'imaginer une représentation prochaine de « La souricière » de Mrs Christie.

Lorsque le rideau était tombé pour la quatrième fois, le petit imprésario sympathique s'était frotté les mains, rayonnant de satisfaction. Après avoir lissé ses cheveux luisants de brillantine, son écharpe blanche jetée énergiquement autour du cou, il quitta les lieux en sifflotant doucement et prit la direction du Red Backdrop, un bar de la Weststreet très en vogue chez les gens de théâtre.

Seule la vieille Miss Agatha Eugénie Hillman n'avait pas l'air content de sa soirée. Le billet lui avait été offert par son cabinet d'avocats, avec la remarque accompagnée d'un grand sourire que l'auteur de la pièce portait le même nom que leur estimée cliente.

Mr Pridges, l'avocat du cabinet Pington, Pington & Pridges, s'était évidemment rendu compte au moment même que ce n'était pas une très bonne idée et que des fleurs auraient été préférables.

Il avait eu en effet, tout loisir de faire plus ample connaissance avec la vieille dame et ses opinions singulières, depuis que son cabinet s'était chargé de la succession de la famille Hillman. Mais Miss Agatha Hillman - dossier 5/30/47 succession Hillman - Parsley Field - n'en était pas moins une cliente exceptionnelle eut égard son poids financier, et, de ce fait, extrêmement profitable à l'étude. Il avait donc fait abstraction de ses petits travers.

Agatha Eugénie Hillman était âgée de soixante cinq ans. Elle était grande et maigre, sa petite tête, chichement plantée de quelques pauvres cheveux gris d'ordinaire noués en un chignon, reposait sur un long cou plissé. Son air pincé évoquait une pomme de terre ridée. Ses yeux d'un bleu pâle et froid, avaient la dureté de la glace. Ses lèvres fines semblaient n'avoir jamais appris à sourire. Elle les serrait constamment avec la même fermeté qu'un enfant effrayé sur le fauteuil du dentiste.

Polly, sa domestique, l'aimait comme on aime un printemps sans soleil. C'est ce qu'aurait chuchoté cette jolie jeune fille à l'oreille du jeune livreur du marchand de primeurs. Cette phrase s'était répandue comme une traînée de poudre chez les nombreux fournisseurs de la vieille dame qui y trouvaient une source intarissable de bonne humeur.

Mais ce jour-là, ce vendredi de novembre 1947, la vieille dame - vêtue de sa plus belle robe noire en fine dentelle et d'un manteau de renard rouge de chez *House of Redfox*, une maison londonienne très renommée - s'était rendue au St Martin's Théâtre.

Le taxi que Polly lui avait commandé, l'avait déposée sur la Weststreet. A peine entrée dans la salle, Miss

Hillman s'était plainte: la place indiquée sur son billet n'était pas acceptable. Après un bref coup d'oeil sur son billet et un regard significatif sur la salle bondée, l'ouvreuse lui enjoignit de bien vouloir rejoindre sa place. Fulminant de colère, elle avait dû, en boitillant, gagner son fauteuil, au 9ème rang d'orchestre.

Pendant tout le premier acte, elle n'avait cessé d'expliquer à ses voisins à quel point cette histoire était incohérente et tirée par les cheveux. Le pauvre Mr Plumm, assis à sa droite, était trop bien élevé pour dire quoi que ce soit. En revanche Mrs Karmikle, sa voisine de gauche, une femme résolue, lui expliqua à l'entracte avec des mots bien sentis qu'elle devait soit se taire ou elle pouvait tout aussi bien s'en aller, et qu'elle, Mrs Karmikle, se ferait un plaisir de lui appeler un taxi. Le reste de la représentation se déroula dans un calme relatif.

La vieille dame se tenait maintenant devant le théâtre, maugréant et en quête d'un taxi. Elle en repéra un de l'autre côté de la rue et traversa la route.

Le chauffeur était plongé dans la lecture de son journal.

De sa canne, Miss Hillman frappa bruyamment au carreau, exigeant ainsi son attention. Le chauffeur descendit sa vitre et lui jeta un regard acerbe.

« Non… mais ! Eh, Madame ! En voilà des manières ! Vous voulez peut-être me payer une nouvelle vitre ? Mais, qu'est-ce qui vous prend ? »

« Cessez de palabrer ! Vous voyez bien que j'ai besoin d'un taxi. Allez, dépêchez-vous ! Faites-moi le plaisir d'ouvrir la porte. » Le chauffeur fut si interloqué qu'il en resta coi. Il descendit, ouvrit la portière et fit monter la dame.

« Cornwall Gardens, numéro 10A, allez, allez ! Dare-

dare! Qu'est-ce que vous attendez ? » L'homme marmonna quelque chose que, par bonheur, la vieille dame n'entendit pas. Il démarra en trombe et prit le premier virage à une allure telle, que  sa passagère installée sur la banquette arrière, fut rudement brinquebalée. Quinze minutes plus tard, il s'arrêtait devant le numéro dix. Compte tenu de la circulation qu'il y avait ce soir-là, c'était un coup de maître. Mais Miss Hillman était bien entendu d'un tout autre avis. Elle descendit, lui paya son dû, sans laisser un seul centime de pourboire et, prenant appui sur sa canne, se dirigea de son pas mal assuré vers l'entrée de sa maison en pestant contre les tarifs des taxis de nos jours.

Jusqu'avant la guerre, les maisons de Cornwall Garden avaient été d'un blanc éclatant, leurs piliers devant l'entrée surplombés de magnifiques balcons et de grilles en fer forgé.

Mais maintenant, leurs façades semblaient grises et leurs grilles se piquaient de rouille. L'alignement de maisons, toutes semblables les unes aux autres, pouvait paraître bien terne et ennuyeuse, mais, c'est justement là que résidait leur charme. Kensington était un quartier plein d'attrait privilégié par les riches et les gens raffinés. Une épicerie fine jouxtait la suivante et depuis la fin de la Grande Guerre, ces magasins étaient enfin mieux approvisionnés.

Miss Hillman avait maintenant les moyens d'en profiter pleinement. Elle sortit maladroitement la clef de son réticule brodé de perles. Elle ouvrit la porte et entra dans un hall de belle taille. Elle tourna l'interrupteur à côté du chambranle. Le plafonnier jeta dans la pièce une lumière encore un peu vacillante.

La vieille dame plissa les yeux pour regarder la lampe et secoua la tête en murmurant: « Quand ces fainéants de l'usine à gaz se décideront-ils à faire correctement leur travail ? La guerre est finie depuis un bout de temps, quand même. »

Puis elle se retourna à grand peine et referma la porte d'entrée d'un geste énergique.

« Quelle fichue perte de temps ! Cette pièce était tout bonnement ridicule », dit-elle à voix haute dans le silence de la maison. « Assassiné par une piqûre devant une tente. N'importe quoi ! Tout cela n'est absolument pas crédible. Voilà pourquoi je ne lis jamais ces insipides romans policiers ! Et maintenant, je vais devoir, qui plus est, me faire moi-même mon thé, puisque que cette fille voulait sa journée. Tout cela est grotesque ! »

Elle retira son manteau de renard rouge, prit sa canne et se rendit en boitillant dans la cuisine. A sa grande surprise, elle vit sur le comptoir un plateau avec une théière sous une cloche en verre et à côté, une assiette recouverte pleine de sandwichs. Une telle attention ne ressemblait pas à sa jeune servante ?

« Il semblerait que mes efforts pour en faire une domestique digne de ce nom aient enfin porté leurs fruits. » ronchonna la vieille dame. Elle goûta l'un des canapés et se versa une tasse de thé.

« Rien à voir avec des sandwichs. C'est aussi sec qu'une biscotte. » Elle prit la tasse et d'un pas raide, lourdement appuyée sur sa canne, se dirigea vers la pièce où brûlait un feu.

« Elle a eu au moins la présence d'esprit d'allumer la cheminée avant de partir. »

La vieille dame prit place, à côté de la cheminée, dans le grand fauteuil à oreillettes et sirota bruyamment son thé. Au bout d'un moment, elle eut chaud et se sentit somnolente.

« Je n'oublie jamais rien, pas une action, pas un nom, pas un visage. » Agatha Eugénie sursauta. Elle n'avait pas prononcé ces mots. Les paroles murmurées venaient du coin sombre derrière elle.

« Qui est là ? Qu'est-ce que voulez ? Polly, c'est toi ? », demanda-t-elle, la gorge nouée par l'angoisse. La voix s'éleva à nouveau.

« Polly a pris sa journée, tu le sais bien, Agatha. En ce moment, elle est en compagnie d'un fort gentil jeune homme avec qui elle va bien se moquer de toi, une fois encore. N'aie pas peur, ma chère, je ne suis pas un des fantômes qui rendaient visite à Ebenezer Scrooge. D'ailleurs, nous savons parfaitement tous les deux que cette histoire, avec toi dans le rôle principal, ne se terminerait pas aussi bien. Dans ton cas, elle s'arrêterait au moment du fantôme du Noël à venir et de la pierre tombale sur laquelle ton nom serait gravé. Toi, tu ne changeras jamais. Je n'y compte même pas. »

Agatha était trop fatiguée pour se lever. Ses jambes ne lui obéissaient plus. Aucun mot ne voulait sortir de ses lèvres desséchées. Que lui arrivait-il ?

« Oh ! Agatha, ne te donne pas tant de mal... C'était juste un petit quelque chose de rien du tout dans ton thé. Cela va te fatiguer un peu. Je veux pouvoir m'entretenir encore un instant avec toi. Cette phrase que je viens de prononcer, tu l'as entendue au théâtre tout à l'heure, n'est-ce pas ? »

« Quel est le rapport entre cette abominable pièce de théâtre et tout ceci ? »

Sa voix était comme éraillée, alors qu'elle s'efforçait de prononcer quelques mots.

« Cette admirable pièce d'Agatha Christie joue un rôle absolument crucial, ma chère. Oui, ce que cet auteur a imaginé est tout bonnement remarquable. Punir une femme qui n'a jamais causé que du malheur aux personnes de son entourage, qui, tel un mauvais esprit, rôde et persécute les gens au point qu'ils en meurent et disparaissent, et ce à son seul profit. Cela ne mérite-t-il pas châtiment particulier? Reconnais le toi-même, Agatha Eugénie Hillman. N'as-tu pas causé suffisamment de tourments autour de toi? Encore un tout petit pas et tout est fini. »

La vieille dame sentit une piqûre dans son bras.

« C'est simple comme tout. On te fait bien tous les jours une injection de Digitaline pour soigner tes problèmes cardiaques, comme dans la pièce géniale de Mrs Christie. L'infirmière, par ailleurs très gentille, qui vient chaque jour te faire cette injection, combien de fois ne l'as-tu pas offensée ? Ma pauvre Agatha, quelle stupidité de ta part ! Elle racontera à Scotland Yard, quelle horrible patiente tu faisais, querelleuse, intransigeante, déraisonnable. Donc, rien d'étonnant à ce que tu aies voulu t'injecter toute seule une dose, pas intentionnellement mortelle, certes. Peut-être parce que, ce soir, tu ne te sentais pas trop bien ? Savais-tu, ma chère, que l'on extrait la digitaline de la digitale rouge connue pour son extrême toxicité ? Non ? Tu devrais vraiment lire plus, on acquiert une culture phénoménale par les livres. Ah, j'oubliais, tu ne lis pas. Ce n'est pas bon. Lire, c'est comme manger. C'est une question de survie. Tu ne comprends pas ? Aucune importance. Je suis à peu près sûr que ce que tu n'as pas encore lu, tu ne le liras plus jamais. Je suis seulement désolé pour cette pauvre Polly. Elle devra se chercher une nouvelle place. Mais, ne te fais pas de soucis pour elle, ma chère, avec ce joli minois et jeune comme elle est, on va se l'arracher. »

On entendit un ricanement quasi silencieux. L'ombre derrière Agatha s'approcha du fauteuil à oreillettes. Une bûche atterrit dans l'âtre.

« Je veille à ce que tu aies bien chaud, c'est la moindre des choses. » Une main saisit avec précaution le poignet de la vieille dame.

« Je parle, je parle et ça fait bien longtemps déjà que tu n'es plus là. Je te souhaite bon vent, Agatha Eugénie Hillman, et bienvenue en enfer. »

L'ombre s'évanouit dans l'obscurité et, peu de temps après, on entendit une porte se fermer.

Le calme revint alors au 10A, Cornwall Garden. Une petite souris sortit de sa cachette et jeta alentour un regard vif. Il y a un instant encore, elle entendait des voix et le claquement cruel de la canne sur le carrelage. Le souriceau avait eu ça en horreur. Il avait même pensé en devenir sourd. Mais maintenant, un calme absolu régnait dans la maison.

La petite souris trottina prudemment en direction de la cuisine, contournant les pièges qu'elle connaissait depuis longtemps.

*Ils s'imaginent quoi, les humains? Ils pensent sérieusement que les petites bêtes sont plus stupides qu'eux ?*

Tout là haut, sur le comptoir, le pain et le fromage dégageaient des effluves tentants. Elle fut vite montée et redescendue, un morceau de fromage entre les dents. La maison, quant à elle, demeurait plongée dans un silence profond, outre le trottinement du petit rongeur sur le sol. Le souriceau courut jusqu'au salon où il faisait bien plus chaud. Un beau feu flambait dans la cheminée. L'animal s'approcha du fauteuil à oreillettes et leva les yeux. Il aurait presque lâché la dernière bouchée de fromage qu'il tenait dans sa bouche, tellement il eut peur. L'horrible vieille femme, d'ordinaire si bruyante, était assise là, immobile.

La souris renifla. Elle comprit, son instinct animal en éveil, que jamais plus cette effroyable colocataire ne poserait de piège à souris. Elle aurait certainement souri, si elle avait pu. Elle regagna la cuisine en trottinant, sans faire de bruit, puis se remplit la panse des délicieux sandwiches posés sur le comptoir. Quelle formidable soirée.

## PARSLEY MANOR

Avec un léger grésillement, le saphir se posa sur l'épais disque noir. La mélodie s'éleva, s'amplifiant dans un lent crescendo.

L'homme, debout devant le petit miroir rond accroché au mur, se mouvait au rythme de la musique, tout en passant d'un geste sûr le coupe-choux sur sa joue. Il s'interrompait de temps à autre, fermait les yeux avec délice et fredonnait à voix basse.

Tandis que le soleil se levait devant la fenêtre, la maison émergeait lentement de son sommeil. Le vinyle, pour sa part, se chargeait de réveiller les occupants de l'étage supérieur de l'antique et vénérable manoir. Les plaintes concernant ce bruyant réveille-matin s'empilaient dans le secrétaire en noyer de la gouvernante, Mrs Argyle. Cette semaine encore, il y aurait une réclamation. Le plus souvent, elles étaient déposées par Filomène Arbuckle, la caமériste de la maîtresse de maison. Cette dernière les tenait de la cuisinière au caractère bien trempé, Mrs Porkpie qui, elle même, les recevait du chauffeur Gonzales, qui commentait comme toujours d'un « *maldita* » bien senti; le premier maillon de la chaîne étant le valet Harrison. Chacun signait le bout de papier, tout en sachant pertinemment que rien ne changerait.

Herringbone, le jardinier, ne paraphait jamais le message, puisqu'il avait l'immense privilège d'habiter avec son coquin de chat Mortecai une chambre merveilleusement à l'écart, tout près de la serre. Et quand au petit déjeuner, Mrs

14

Porkpie le prenait à part pour l'informer qu'une nouvelle attaque contre son nerf auditif avait eu lieu aux aurores, il se contentait de sourire en caressant avec circonspection son épaisse moustache.

Le majordome Arthur Reginald Beanstock était hors d'atteinte, ses maîtres avaient en lui une confiance absolue et tant que ils n'entendraient pas la musique sonore, les petits mots disparaîtraient dans le secrétaire en noyer. Commentés éventuellement par un léger haussement des sourcils.

Mrs Argyle était arrivée peu après Mr Beanstock à Parsley Manor, pour occuper le poste de gouvernante. Elle était la seule à savoir que le maître d'hôtel cachait au plus profond de lui-même une corde sensible, une âme compréhensive. Lorsqu'elle avait fait sa connaissance il y a des années, elle venait de vivre une expérience douloureuse. C'est pourquoi elle avait dû quitter Londres pour la campagne et avait accepté la place vacante chez les baronnets Parsley. Il l'avait accueillie avec beaucoup de bienveillance et d'empathie. Jamais elle ne l'oublierait.

Beanstock examina son visage rasé de près dans le miroir. Il saisit la serviette, ôta de sa joue quelques flocons de savon à barbe et prit son peigne. Il coiffa soigneusement en arrière ses cheveux noirs très drus. Il endossa petit à petit le costume du majordome en tout point conforme au désir de son maître; glabre, chemise d'un blanc étincelant, fraîchement amidonnée, avec son col droit, cravate noire, pantalon noir au pli impeccable, gilet noir et veste noire.

L'armoire de Beanstock ne contenait que ce type de vêtements en plusieurs exemplaires ainsi qu'une redingote noire pour les grandes occasions. Il ne possédait rien que l'on pût assimiler à une tenue de sortie décontractée. Il lui

15

semblait en deçà de sa dignité d'afficher une quelconque décontraction, en dehors de ses heures de travail.

Le morceau s'acheva dans un furieux tonnerre de percussions. Il prit avec soin le bras, le releva et l'éloigna du vieux vinyle. Il rangea le tourne-disque dans sa caisse en bois et rabattit sur le devant le couvercle orné d'une extraordinaire marqueterie multicolore. Il tourna la petite clef dorée dans sa serrure puis, comme chaque matin, la mit dans la poche droite de son gilet. D'un doigt, il tapota trois fois le tissu puis hocha la tête d'un air satisfait. Rien de tel pour le parfait accomplissement des tâches à venir qu'une routine matinale immuable.

Chaque matin, il avait besoin de ce rituel. Depuis vingt ans qu'il était au service du baronnet Parsley, il y puisait force et satisfaction. On frappa légèrement à sa porte.

Il se racla la gorge pour que le son de sa voix soit juste, puis fit entendre un bref « Entrez ! ». C'était Bernice, la servante, qui apportait un petit plateau de bois, elle esquissa une révérence en lui jetant un regard noir.

« Votre thé, Monsieur ! »

Elle avait exagérément insisté sur le « Monsieur », constata Beanstock.

La jeune fille, aux joues roses et aux yeux clairs et vifs, attendait en le regardant. Ses épais cheveux roux étaient attachés en une tresse. Elle portait une robe vert foncé, longueur mi-mollet, aux manches longues et étroites terminées par des manchettes blanches. Par-dessus, un tablier immaculé aux larges bretelles croisées dans le dos complétait sa tenue.

De la main, il indiqua le guéridon rond à côté de son fauteuil.

« Merci, Bernice. »

La servante fit une nouvelle révérence et sortit.

Beanstock prenait son thé du matin, Darjeeling, demi-cuillerée de sucre, deux cuillerées de lait, à six heures trente dans sa chambre.

Entre six et sept heures, le personnel de Parsley Manor avait largement le temps de finir sa toilette, de ranger sa chambre et de prendre son petit déjeuner. Le majordome faisait son entrée à sept heures tapantes à l'office pour indiquer avec Mrs Argyle, la gouvernante, à chacun ce qu'il aurait à faire dans la journée.

Le manoir du domaine de Parsley, situé non loin du petit village de Parsley Field, n'était pas parmi les plus grands mais était sans nul doute l'un des plus remarquables. Construit dans le style élisabéthain, le plus pur, en forme de E, il était entièrement en grès rose.

Devant, au centre de la façade principale, se trouvait un portique entrée aux murs maintenant couverts de lierre tandis qu'on avait agrémenté l'arrière d'une large terrasse dont les marches élégantes descendaient vers le jardin et les allées de gravillons blancs qui menaient à la serre.

De grandes fenêtres horizontales ou verticales animaient la façade. A l'intérieur, là où se situait le hall d'entrée, elles occupaient même deux étages. Avec ses vergers ombragés, son potager et son jardin aromatique clos de murs ainsi que ses massifs de fleurs exubérants, la demeure ressemblait à un château enchanté d'un conte de fée.

Un gigantesque ginkgo planté là depuis des temps immémoriaux occupait tout l'espace dans la cour d'honneur face au hall. C'était l'arbre préféré de la maîtresse de maison, Lady Fedora Parsley, une petite femme déterminée, dont le visage rose et arrondi affichait toujours un grand sourire. A ses cheveux châtain clair se mêlaient déjà quelques mèches blanches qui ne la dérangeaient pas le moins du monde. De toute façon, on la voyait toujours arpenter l'immense jardin coiffée d'un grand chapeau de paille claire, son matériel de peinture sous le bras à la recherche d'un sujet intéressant. Elle connaissait depuis de nombreuses années un vif succès avec ses tableaux de fleurs qui lui avaient même valu plusieurs prix. Ses publications étaient connues et appréciées dans tout le pays.

Son époux, Sir Percival Parsley, avait réalisé un vieux rêve, quelques années auparavant, en faisant moderniser ce vieux tas de pierres plein de courants d'air, comme il se plaisait à appeler alors sa demeure. Il l'avait rénovée, transformée et avait fait construire pour Lady Fedora une superbe serre dans le plus pur style victorien. C'est ce bâtiment de verre qui l'avait incitée à peindre des fleurs. Ses toiles avaient toujours été de bonne facture mais, c'est surtout à ses livres qu'elle devait son succès.

Lorsqu'en 1939 les travaux furent achevés, les terribles prémices de la guerre étaient déjà perceptibles.

Sir Percival, tout comme de nombreux hommes du personnel domestique, dut partir, et tous n'étaient pas revenus.

Mais, aujourd'hui, en 1950, la situation commençait à se normaliser et les baronnets pouvaient profiter pleinement de leur existence champêtre.

Ils n'avaient pas bâti leur demeure pour y mener grand train, comme c'était le cas dans les manoirs alentour. Ils louaient leurs terres et vivaient très bien de ce que leur rapportaient les baux et surtout grâce aux activités de Lady Fedora.

Lorsqu'on pénétrait à l'intérieur de la maison, on se retrouvait alors dans un hall au parquet brillant très accueillant, maintenant que les vieux meubles lugubres avaient été enlevés ; il était agrémenté en son centre de fauteuils confortables tout autour d'une cheminée de marbre clair. Sur la gauche, une haute porte blanche menait à la pièce de prédilection de Sir Percival, qui faisait tout à la fois office de bureau et de bibliothèque. C'est dans ces lieux qu'il passait des heures sur de vieux grimoires à étudier avec passion les contes et légendes de la région pour tenter d'en extraire la part de réel.

A droite, le salon confortablement meublé de canapés et de fauteuils.

Des myriades d'oiseaux multicolores virevoltaient sur les pans des rideaux qui habillaient les hautes fenêtres. De là, un large couloir menait à ce qu'on nommait la salle de musique. Bien que personne n'en jouât, un piano à queue noir de dimensions respectables trônait en son centre. Sur son couvercle brillant, quantité de cadres de diverses tailles, sur lesquels figuraient des photographies des multiples branches de la famille Parsley.

La grande salle à manger familiale avec sa longue table en chêne massif flanquée de chaises capitonnées ouvrait sur le hall, à gauche. Elle était surplombée par un énorme lustre, seul et unique rescapé monstrueux de l'ancien mobilier. Au fond, de grandes portes blanches donnaient sur le jardin et la terrasse. Étant donné les dimensions de la pièce, les maîtres de maison avaient pour habitude de déjeuner à une table ronde dans le salon plus intime.

A droite de la cheminée, un large escalier de marbre conduisait au premier étage, aux appartements privés de la famille. C'est là que Lady Fedora avait son atelier avec vue sur le jardin.

Dans le couloir déjà, on percevait l'arôme délicat des différentes couleurs. Peintures à l'huile, aquarelles, pastels

19

s'empilaient dans les profonds tiroirs d'un meuble en bois et des centaines de pinceaux, crayons et morceaux de charbon se battaient dans des pots de céramique.

On avait installé le long des murs, de larges armoires dont les nombreux tiroirs permettaient de ranger les blocs de papier. La table à dessin de Lady Fedora se trouvait devant la grande baie et sur une étagère les nombreux ouvrages qu'elle avait déjà publiés.

Sur le même palier, mais de l'autre côté, se situaient les chambres des invités.

Depuis le hall, une porte double menait à l'arrière de la maison. C'était le royaume incontesté de Mrs Porkpie, la cuisinière.

Le personnel avait un accès direct de l'office à ses quartiers situés à l'étage supérieur par un bel escalier de pierre qui avait conservé son ancienne rampe de bois.

En sus de la grande cuisine moderne, on comptait chambre froide et garde-manger, le bureau de la gouvernante et celui du majordome, une lingerie avec bac à laver et placards où la petite bonne ou la camériste de la maîtresse de maison pouvaient trouver tout ce dont elles avaient besoin, à commencer par le nécessaire de couture et les divers cirages et brosses à chaussures, en passant par les mixtures anti taches, les boules anti mites, les chandelles, l'amidon, les produits et chiffons à argenterie et l'armoire à pharmacie.

Et enfin, une salle où le personnel prenait ses repas. En son centre, une lampe au grand abat-jour blanc au-dessus d'une belle table en bois reluisante qui avait été placée à côté d'une haute fenêtre : de là, le regard pouvait s'évader vers les arbres du verger. Dès les premières heures du matin, la pièce baignait dans le soleil. Tout autour de la table, de confortables chaises de bois à l'assise cannée.

Une horloge ronde encastrée dans un caisson de bois sombre était suspendue au mur, bien visible de tous. C'était du ressort de la gouvernante de la remonter tous les matins, après avoir vérifié qu'elle indiquait l'heure exacte.

C'est vers ces lieux que Mr Beanstock tendait posément, après avoir jeté un œil sur sa montre gousset. Il était sept heures. Le personnel attendait ses instructions.

Le maître d'hôtel entra et les voix indignées se turent instantanément. Mrs Argyle toussota puis salua le major-dome d'un signe de tête respectueux. Le personnel était au complet, pour la plus grande satisfaction de Mr Beanstock.

Les baronnets avaient décidé, malgré les réserves émises par le majordome et la gouvernante, de réduire leur personnel au minimum. Ils estimaient n'avoir nullement besoin, juste par pure ostentation, de voir grouiller toute la journée autour d'eux un essaim de serviteurs dévoués. Selon les termes exacts employés par le maître de maison. Jusqu'à présent, cet arrangement avait convenu aux deux parties.

N'ayant pas d'enfants, bonne, nourrice et précepteur étaient donc superflus, car seule une petite cohorte de neveux et nièces prenait d'assaut les lieux, pour une courte durée, généralement pendant les vacances d'été.

Sir Percival ne voulait pas de valet particulier. Il consi-dérait être assez âgé pour s'habiller tout seul. Le personnel fut donc réduit à l'essentiel et, étrangement, l'on s'en accommoda très bien. Il n'y avait que pour le grand ménage de printemps et les grandes réceptions où Mrs Argyle insistait pour que l'on engageât de façon temporaire quel-ques petites mains.

Autour de la grande table, chacun était assis à la place

qui lui revenait : Mrs Argyle, comme à l'accoutumée droite comme un cierge, dans une robe noire au col montant fermé, les cheveux gris strictement tirés en arrière, à ses côtés, la femme de chambre de Lady Fedora, Filomène Arbuckle, qui, de nouveau, n'était pas coiffée de façon réglementaire, ainsi que le nota Beanstock. Puis Bernice, la servante, et le valet Harrison, un homme peu loquace aux cheveux roux, dont les grandes mains robustes trahissaient la force. De l'autre côté, près de la gouvernante, Mrs Porkpie, la cuisinière à la coiffe amidonnée d'une blancheur immaculée que son embonpoint trahissait. Elle semblait de toute évidence apprécier les excellents mets qu'elle préparait. A ses côtés, la fille de cuisine, Phillis, était tout son contraire, petite et insignifiante avec ses cheveux bruns coupés court, sa robe grise et son tablier blanc.

Venait ensuite le jardinier, Mr Herringbone, au sourire jovial, qui se plaisait à tirer sur sa grosse moustache très soignée. Suivait le chauffeur Gonzales, un Espagnol qu'on aurait dit tout droit sorti d'un roman à l'eau de rose. Grand, cheveux noirs de jais bouclés, un sourire espiègle sur ses lèvres sensuelles.

D'un coup d'œil, Beanstock fit le tour de la table puis prit place en face de la gouvernante.

« Bonjour ! », dit-il à son auditoire attentif.

Seul le jardinier continuait de sourire.

Phillis se leva et disparut brièvement dans la cuisine. Elle revint avec une assiette qu'elle posa comme tous les matins devant le majordome. Elle contenait un peu de porridge avec une cuillère à thé de sucre et une pomme coupée en petits morceaux. Phillis se rassit en lissant des mains son tablier. Beanstock lui fit un petit signe de tête pour la remercier. Avant de commencer à manger, il sortit de la poche intérieure de son gilet un petit carnet noir et l'ouvrit.

Il commençait chaque matin par le jardinier.

« Herringbone, il faut renouveler les bouquets du salon et du hall. Sa Seigneurie a actuellement une préférence pour les giroflées. Vendredi, Sir et Lady Parsley attendent des invités de Londres. Pour le dîner, dans la grande salle à manger et les deux chambres destinées à leurs hôtes, il faudrait des fleurs au parfum un peu moins entêtant. Je vous laisse le soin de les choisir. »

Beanstock n'attendait pas de réponse.

C'était la routine. Chacun savait ce qu'il avait à faire.

« Gonzalès, Sir Percival est attendu, cet après-midi, à quatorze heures, à l'église pour le Conseil paroissial. Demain, jeudi, sa Seigneurie désire faire à Londres les derniers achats pour la réception de samedi. La voiture doit être prête à dix heures. »

Beanstock feuilleta son carnet.

« Les instructions concernant la cuisine: aujourd'hui, sandwiches pour le déjeuner, pour le dîner, ainsi que nous en avions convenu, et vous l'avez certainement déjà pré-paré, potage aux asperges, agneau, salade de saison, semoule au lait caramélisée. Quant à la réception de samedi, vous avez eu toutes les directives. » Beanstock tourna une page de son carnet.

« Harrison, la cheminée de la chambre bleue ne fonc-tionne pas bien. Veuillez vous en charger et essayez, cette fois-ci, de faire moins de saletés. Bernice, vous l'aidez et vous y veillerez. Après quoi, vous préparerez les chambres des invités. Il nous en faut deux, la bleue et la verte. »

« Mrs Argyle, les deux hôtes en question arriveront vendredi, à dix-huit heures, à la gare. Il s'agit d'amis de Lady Fedora, d'une part l'éditeur de sa Seigneurie, Mr Van

Horten, d'autre part, Miss Inga Hillman. » Le majordome fit une pause pour ne pas se laisser aller à un commentaire déplacé.

La gouvernante finit, pour lui, sa phrase.

« Durant leur séjour, nous mettrons le couvert dans la salle à manger. Mr Beanstock, en personne, s'occupera des vins et des alcools. »

Puis, elle lança à Phillis un regard désapprobateur. La fille de cuisine avait chuchoté, en gloussant quelque chose, à la cuisinière, qui s'était mise à pouffer de rire.

Ils savaient tous que Miss Hillman était une illustre actrice hollywoodienne qui tournait actuellement une nouvelle version de « La maison de Lady Applequeis » dans des studios londoniens et dont le style de vie était très particulier. Elle avait habité autrefois dans les environs. Ses parents avaient été des amis proches des baronnets et Inga, qui répondait en fait au prénom de Priscilla, était la filleule de Lady Fedora.

Beanstock referma son carnet et le rangea précautionneusement dans sa veste. Puis, il les regarda tous, l'un après l'autre.

« Merci! Avez-vous des questions ...? Bien, vous savez ce qui vous reste à faire. »

On entendit des chaises racler le sol et chacun se mit à son travail.

La cuisinière prépara le petit-déjeuner des maîtres. La femme de chambre repassa un chemisier. Herringbone partit, toujours souriant, en direction de la serre. Bernice et Harrison se munirent de brosses et de seaux. La fille de cuisine, Phillis, commença à dresser le couvert au salon.

Mrs Argyle se rendit dans son bureau, pour faire les dernières commandes pour la réception, et Gonzales pinça, comme chaque matin, la joue de Bernice, avant de rejoindre le garage, en sifflotant.

Beanstock prit sa cuillère et mangea tranquillement son porridge. Lorsqu'il eut fini son petit-déjeuner, le facteur, Mr Partridge, frappa comme tous les matins, à la même heure, à la porte de service. Phillis lui ouvrit et l'accueillit avec une étreinte chaleureuse.

Le majordome toussota ostensiblement.

Phillis recula d'un pas, prit le courrier et donna au facteur une pile de lettres prêtes à être postées. L'homme lui fit un nouveau clin d'oeil et rejoignit sa bicyclette.

« Phillis, même s'il s'agit de votre père, ici, vous vous devez de conserver une attitude digne. Cela signifie : pas d'accolade à l'office. »

« Oui, Mr Beanstock, veuillez m'excuser. Cela ne se reproduira plus. »

Elle déposa le courrier sur la console, fit une courte révérence et retourna dans la cuisine vaquer à ses occupations.

Le majordome passa le courrier en revue. Une lettre pour Mrs Argyle et une carte postale en couleurs, venue d'Afrique, pour Filomène, la femme de chambre ; c'était la seule lettre pour le personnel. Il tria alors le reste : le courrier pour Lady Fedora, celui pour Sir Percival, puis il posa le tout sur un plateau en argent avec le journal.

Les lèvres pincées, il constata que le quotidien avait été grossièrement plié. Hélas, le baronnet lui avait enjoint de ne plus jamais repasser quelque journal que ce soit. Cela avait fait partie de ses attributions, jusqu'à l'année dernière. Tous les matins, il devait faire en sorte que les feuilles soient lissées. Puis, un jour, Bernice dut le remplacer le temps qu'il fasse une course pour Sir Percival, à Londres.

La catastrophe avait duré les deux jours de son absence. Bernice n'avait tout simplement pas l'expérience requise pour repasser correctement les journaux. Elle laissait le fer soit bien trop longtemps sur le papier, ou pas assez.

Quoi qu'il en soit, ces deux jours-là, un journal froissé et surtout carbonisé par endroits, arriva sur la table du petit-déjeuner et Sir Percival n'avait pu s'informer de l'avancée quotidienne de la moisson. Les brûlures avaient évidemment troué le papier aux endroits cruciaux.

« *la ... son ... tte une ann ... pas eu ... eu* », était tout ce que le baronnet avait réussi à déchiffrer. Au retour de son majordome, il avait exigé que dorénavant le journal ne soit plus repassé. Ce que cela impliquait pour ses impératifs quotidiens ? Beanstock s'était senti souffrant des jours entiers. Pas même les excuses sincères de Bernice n'avaient pu le consoler.

En effet, la toute première chose qu'il avait apprise dans l'académie de majordomes était comment repasser correctement le journal matinal. Une activité tout à la fois incontournable et apaisante. Incontournable, pour faciliter au matin à ses maîtres la lecture. Apaisante, car Beanstock profitait de ces moments de répit, pour pouvoir ensuite affronter sereinement les tâches de la journée.

Par bonheur, il lui restait encore sa musique le matin.

Il esquissa un léger sourire. Il avait encore une deuxième passion : il adorait les romans policiers. Il en avait dans sa chambre une collection coquette et, lorsque son emploi du temps le lui permettait, il se rendait au magasin de la veuve Bloom, la boutique du coin, afin d'y réceptionner une nouvelle commande de livres. Ce jour-là, il avait alors une longue journée, puisqu'il lisait jusque très tard dans la nuit ou parfois même jusqu'au petit matin. Il ne refermait son livre qu'après que le meurtrier ou le voleur ait été démasqué ; il prenait des notes dans son petit carnet et constatait qu'il en savait la plupart du temps, dès les premières pages, bien plus long que le détective chargé de l'affaire. Il aimait ces casse-tête stimulants.

Il regarda l'horloge accrochée au mur, prit le plateau en argent et se dirigea vers le salon. Il jeta un ultime coup d'œil dans le miroir fixé sur la cloison, à côté de la porte qui donnait sur le hall, afin de s'assurer que sa tenue et sa coiffure étaient irréprochables. Avant même qu'il ne puisse l'ouvrir, la porte s'ouvrit brusquement, suivie de Phillis, une théière en argent à la main. Elle sursauta et dut en toute hâte saisir celle-ci de ses deux mains et évita ainsi qu'elle n'atterrisse sur le sol.

Beanstock secoua la tête en signe de réprobation.

« Vous ne devez pas courir, Phillis, regardez comme un terrible malheur peut vite survenir. Estimez-vous heureuse de travailler pour des maîtres aussi indulgents. »

Phillis piqua un fard, fit une révérence et continua son chemin.

Beanstock sortit dans le hall et perçut la voix claire et joyeuse de Lady Fedora en provenance du salon. Il entra d'un pas mesuré, s'inclina légèrement, tendit le journal à Sir Percival et posa le courrier à côté de la tasse de son épouse.

« Bonjour, Milady, Sir Percival ! » Beanstock réitéra son salut révérencieux.

« Bonjour, Beanstock ! », répliqua Sir Percival de sa voix puissante et sonore. De dessous la table dépassait l'arrière-train d'un beagle. La voix retentissante de son maître réveilla subitement le chien de sa sieste matinale. Contrarié, Junior leva la tête et fit entendre un gémissement

27

sourd, avant de se rendormir.

« Faut-il vraiment que tu hurles ainsi, Darling, crois-moi, on t'entend tous parfaitement, Nul besoin de hurler. Pauvre Junior ! Bonjour, Beanstock ! Tout est-il prêt pour vendredi ? »

Sir Percival éclata d'un rire si fort qu'une fois de plus, les tableaux d'ancêtres accrochés aux murs se mirent une fois de plus à trembler. Rien de ce que sa charmante épouse bien aimée pouvait lui dire ne saurait le froisser.

« Tout sera prêt selon vos désirs, Milady. Nous allons préparer les chambres bleue et verte. Nous avons fait les derniers ajustements pour le dîner de vendredi et tout sera prêt en temps et en heure pour la réception de samedi en l'honneur de Miss Hillman. Les cartons d'invitation ont été confiés au facteur. Gonzales vous attendra demain matin à dix heures pour vous emmener à Londres. Puis-je ajouter que c'est cet après-midi à quatorze heures qu'a lieu le Conseil paroissial mensuel et que Sir Percival y est attendu. »

En disant cela, il regarda son employeur, qui, pour toute réponse se contenta, comme à son habitude, de pousser un soupir.

« Darling, vous êtes baron de Parsley, dépositaire d'une longue tradition et cela fait partie de vos devoirs. Lorsque vous avez dû partir à cette terrible guerre, j'ai endossé cette responsabilité et croyez-moi, cela  n'a pas été chose facile. Non pas que j'y aie mis de la mauvaise volonté, mais parce que ces messieurs du Conseil paroissial ne voulaient pas d'une femme parmi eux. »

Sir Percival jeta un regard appuyé au majordome, implorant sa sollicitude. Il avait entendu cette histoire plus d'une fois. Ce manque de respect flagrant avait irrité Lady Fedora au plus haut point, De nombreuses années s'étaient écoulées et elle ne parvenait toujours pas à l'oublier.

« Milady a fait face aux difficultés avec un courage impressionnant en ces temps difficiles et elle a marqué pour toujours les esprits des membres du Conseil paroissial. », dit Beanstock dans une tentative d'apaisement.

Lady Fedora afficha derechef son ravissant sourire et se pencha sur le courrier. Sir Percival lança, quant à lui, un regard plein de reconnaissance au majordome. Ils savaient tous deux que ce ne serait pas la dernière fois.

A l'époque, sa seigneurie avait menacé le Conseil de lourdes représailles, s'ils persistaient à ne pas vouloir la prendre au sérieux. Elle n'avait jamais confié ce qui s'était exactement passé. Elle avait juste laissé entrevoir qu'ils n'avaient écouté aucune de ses propositions et qu'elle y avait fait figure de potiche décorative, point final.

Sur ces entrefaites, elle les avait avertis qu'elle ne participerait plus, elle, ses livres et ses tableaux de fleurs primés, à la Coupe florale de Parsley Field qui avait lieu tous les ans. Or, les membres du Conseil savaient pertinemment que, si un nombre aussi considérable de personnes affluait de toute le Grande Bretagne à cette occasion, c'était uniquement grâce à la participation de Lady Fedora. Et ces gens étaient pour la petite commune une source de revenus non négligeable. Que ce soit l'hôtel du golf, la boutique du coin, le magasin de la veuve Bloom ou le pub de O'Donoghue, chacun tirait énormément profit de cette semaine de festivités.

Alors que Sir Percival et Lady Fedora se plongeaient, qui dans son courrier, qui dans son journal, Beanstock tressaillait de peur à la vue de Phillis, qui, entrant avec une nouvelle théière pleine de liquide bouillant, faillit tomber, après avoir évité de trébucher sur Junior. Par chance, elle se rattrapa de justesse. Cela allait lui valoir son troisième blâme de la matinée. Au même moment, Mr Partridge, le facteur, après être passé par le pont de pierre au-dessus de la rivière Shirty, entamait comme tous les jours, sa tournée de distribution du courrier.

## UNE BOUTEILLE DE BOURGOGNE
## UN POT DE FLEUR
## UNE TOURTE
## ET UN STYLO PLUME

La matinée était déjà bien avancée.

Dans sa bibliothèque, Sir Percival était absorbé dans l'étude d'une légende singulière selon laquelle l'abbaye de Parsley Field aurait été réduite en cendres par un monstre sorti de la mer en crachant du feu et du soufre. Il était décrit dans une ancienne chronique du XVème siècle comme un homme terrifiant, de la taille d'un géant et couvert de poils dont on disait qu'il avait une tête de taureau avec de grosses cornes pointues de part et d'autre du crâne et des extrémités en métal.

Sir Percival avait la quasi certitude que cette description pittoresque correspondait à des vikings. Donc, au final, cette abbaye avait-elle été détruite par les normands ou les vikings ? C'était là, toute la question qu'il voulait absolument élucider. Si seulement ce fichu Conseil paroissial ne venait pas interrompre son travail. On frappa à la porte.

« Oui, entrez ! », hurla le baronnet de son habituelle voix tonitruante. Junior poussa un petit cri plaintif. Le majordome entra, une tasse de thé sur un plateau.

« Votre thé, Sir. J'aimerais faire maintenant une inspection de la cave à vin pour, éventuellement, compléter les stocks, si vous n'y voyez aucun inconvénient. »

Sir Percival s'était replongé dans ses textes, n'écoutant que d'une oreille distraite.

31

« Beanstock, vous vous débrouillez très bien tout seul. Je sais que je peux me reposer sur vous. Faites, faites. » Il agita la main, saisit sa tasse de thé d'un geste distrait et continua sa lecture.

Beanstock s'inclina légèrement avant de sortir de la pièce. Une porte cachée sous le grand escalier menait à la cave à vin. C'était aussi là qu'étaient entreposés les trésors de Mrs Porkpie. Des conserves de toutes sortes parfaitement alignées sur des étagères, bocaux de fruits au sirop, confitures, cornichons et autres légumes au vinaigre et pots de chutneys relevés qui attendaient d'être utilisés.

Tout au fond de la haute cave voûtée se trouvaient les casiers à bouteilles, soigneusement rangés selon qu'ils étaient rouges ou blancs, les Bordeaux ou les vins de Gascogne, les préférés de Milady. On stockait dans une armoire spéciale, quelques crus d'exception dont le maître de maison n'était pas peu fier, comme ce Château Lafite-Rothschild de 1929 et à côté, le Champagne et divers alcools, Whisky et Sherry. Un bref coup d'œil au thermomètre suffit pour que Beanstock fût totalement satisfait. Il n'était pas nécessaire de faire de nouvelle commande.

Arrivé à la porte, il tourna l'interrupteur pour éteindre et se retrouva dans le hall. D'où pouvait bien provenir ce soudain vacarme ? Il se passait quelque chose d'anormal. Ses pas le conduisirent à l'office d'où s'échappaient cris et éclats de voix. Il entendait très distinctement Mrs Porkpie tempêter et une autre personne pleurer à gros sanglots.

Il se dirigea d'un pas plus rapide que de coutume vers la source de ce bruit pour y mettre un terme au plus vite.

Debout dans la chambre froide, la cuisinière brandissait une longue cuillère en bois et l'agitait menaçante devant le nez de Phillis, qui était à l'origine de ce qu'il avait perçu comme des reniflements de désespoir. Mrs Argyle n'était pas là. Elle devait probablement vérifier que les chambres de l'étage soient impeccables. Le majordome parvint, après plusieurs tentatives à prendre la cuillère des mains de Mrs Porkpie.

« Que se passe-il, Mesdames ? Vous allez immédiatement me rendre des comptes. On vous entend depuis le hall d'entrée. C'est inadmissible. »

La cuisinière se calma un peu.

« Une de mes tourtes a disparu, une de mes plus belles créations. Je l'avais faite exprès pour Miss Priscilla, parce que je sais qu'elle en raffolait, quand elle était petite. Ça m'a pris un temps fou et qui d'autre cela pourrait-il être, sinon cette petite gourmande. »

Phillis se remit à pleurer et à renifler de plus belle. Le majordome sortit de la poche de sa veste un mouchoir blanc en tissu qu'il tendit à la fille de cuisine. Il comprit, en entendant le son retentissant de trompette qui s'échappa de son nez, que ce carré de tissus était à jamais perdu. Elle fit mine de le lui rendre, mais il refusa avec un sourire en coin.

« Gardez-le, ma fille. Qu'avez-vous à répondre face à de telles accusations ? »

« Que ce n'est pas moi ! Il faut toujours qu'on m'accuse de tout ! » De grosses larmes s'échappèrent à nouveau de ses yeux.

Sur ces entrefaites, Mr Herringbone, le jardinier, apparut dans l' encadrement de la porte de service. Il tenait dans ses mains un pot de fleurs vide.

« Quelqu'un m'a volé ma nouvelle rose, ma Moonlight-Shadow », expliqua-t-il d'un trait, tandis que Mortecai, son matou gris, en profitait pour se faufiler entre ses jambes. Il voulait probablement profiter de l'inattention générale, pour faire un tour dans le garde-manger. Évidemment, Beanstock ne le laissa pas passer, il lui suffit pour cela de pointer sur lui un doigt accusateur. Herringbone prit l'animal dans ses bras.

« Et alors, c'était peut-être moi, là aussi ? », cria Phillis dans un sanglot. Le jardinier la regarda, interloqué.

Voilà que l'affaire devenait intéressante.

La sonnette du hall retentit pour appeler le majordome. Ce dernier fit signe au petit groupe de ne pas bouger de la cuisine en attendant son retour. Il réajusta rapidement sa tenue devant le miroir et sortit. Lady Fedora se tenait au beau milieu de l'entrée avec son matériel de peintures, décomposée.

« Beanstock, c'est insensé, mon plus beau stylo plume en or a disparu. Comment pourrais-je écrire sans mon stylo fétiche ? C'est tout bonnement impossible. » Elle était complètement hors d'elle et ses yeux furetaient tout autour de la pièce.

Les visages curieux des trois membres du personnel présents dans la cuisine apparurent à la porte de l'office.

« Ma tourte exceptionnelle, la rose d'une variété toute nouvelle et maintenant le stylo plume de Milady. Ce sera quoi la prochaine fois ? », murmura la cuisinière. Beanstock lui lança un regard réprobateur.

Lady Fedora était horrifiée. « Faites toute la lumière sur ces disparitions, mon bon Beanstock, sans quoi c'en sera fait à jamais de ma production littéraire. »

Le majordome se retourna et, agitant les mains, fit reculer la petite troupe dans la cuisine. « Madame Porkpie, montrez-moi où se trouvait votre tourte. »

La cuisinière ouvrit la porte de la chambre froide et montra du doigt l'une des étagères. Beanstock examina attentivement le local. Puis, il observa le sol et remarqua des traces de boue qui détonaient en ce lieu. Les bras croisés, Mrs Porkpie le regardait, en secouant la tête.

« Où est le Bourgogne ? », demanda-t-il enfin, « la bouteille que j'ai sortie hier de la cave à vin et qui était prévue pour le dîner de ce soir ? »

Phillis recommença à pousser des cris stridents et à sangloter dans le mouchoir.

« Et voilà, maintenant, en plus, on va me traiter d'alcoolique ! »

Beanstock fit sortir tout le monde du garde-manger.

« Quand avez-vous déposé ce pâté en croûte ici ? », demanda-t-il à la cuisinière.

« Ce matin, vers dix heures, juste après l'avoir sorti du four. Oh, je l'avais si bien réussi », s'exclama -t-elle. « avec de l'agneau goûteux et un dôme de pâte feuilletée croustillante à souhait. »

Le majordome examina la cuisine. Entre casseroles et plats, il aperçut deux caisses sur le comptoir central. L'une remplie de légumes divers, l'autre vide.

« Qu'est-ce-que c'est que ces caisses là-bas ? »

Cette fois, ce fut Phillis qui répondit, toujours hoquetant.

« C'est le fils de Pitsch, le fermier, qui les a apportées ce matin. Dans celle qui est vide, il y avait les poulets pour le dîner de vendredi. Je les ai déposés dans le garde-manger. »

« Et vous, Mrs Porkpie, où étiez-vous à ce moment-là », l'interrogea Beanstock. Il était dans son élément. L'occasion se présentait enfin pour lui d'élucider un mystère, comme dans un des romans policiers qu'il affectionnait tant.

« J'avais constaté qu'on allait être à court de farine et

j'étais allée trouver Mrs Argyle. Elle a voulu me faire la leçon. J'aurais dû prévenir la semaine dernière, je devais me tromper et il devait rester suffisamment de farine. J'ai finalement réussi à la convaincre de venir vérifier par elle-même. C'était tout sauf agréable. En fin de compte, elle en a pris bonne note et est montée voir Bernice, probablement pour passer ses nerfs sur elle. »

Le majordome fusilla Mrs Porkpie des yeux.

« Et vous, Phillis ? Vous n'avez pas bougé d'ici ? »

Phillis fixait ses pieds et se mit à rougir.

« J'ai juste fait un saut jusqu'au garage. »

La cuisinière éberluée la dévisagea : « Il me semble, jeune fille, que vous n'aviez rien à y faire ? »

« J'ai apporté une tasse de thé à Gonzales, c'est tout. Il avait plein de travail et me l'avait demandé ce matin. Qu'est-ce qu'il y a de mal à ça ? »

Beanstock toussota.

Il savait pertinemment que toutes les femmes de la maison étaient sous le charme de l'ardent et bel hidalgo et que tout était prétexte à flirter avec lui.

« Quand exactement, Phillis ? » voulut savoir le major-dome.

« Je ne sais pas. Sammy Pitsch venait de partir. »

« Quel type de chaussures Sammy Pitsch portait-il aujourd'hui ? »

Tous les yeux se tournèrent vers le majordome, personne ne comprenait à quoi rimait cette question, ils se mirent à réfléchir intensément. Entre-temps, Mortecai s'était échappé des bras du jardinier et se faufilait discrètement à pattes de velours vers le garde-manger. Beanstock l'aperçut évidemment et s'empressa de le jeter dehors.

« Je crois qu'il portait des bottes en caoutchouc », finit

par dire Phillis.

« C'est bien ce que je pensais », fit le maître d'hôtel, « et maintenant, retournez tous à votre travail. »

« Mais où ils sont passés tous ces objets ? Allez, dites-le nous, Mr Beanstock », supplia Mr Herringbone. « Vous ne pensez tout de même pas que le petit Sammy y est pour quelque chose ? »

Beanstock écarta la question d'un geste de la main et chacun repartit vaquer à ses occupations. Lui se dirigea vers le bureau de Sir Percival. Après avoir frappé, il entra et s'avança pour raconter au baronnet cette histoire consternante. Sir Percival était à peu près sûr que ce n'était pas Sammy. Le jeune homme était apprécié de tous, on le disait consciencieux et très responsable pour un garçon de dix-sept ans.

« Écoutez-moi bien, Beanstock, ce n'est pas possible. Peut-être y-a-t-il une autre explication. Mrs Porkpie a posé sa tourte ailleurs, la bouteille de vin est encore à la cave, la rose s'est fanée et, ma foi, pour le stylo plume de mon épouse, inutile d'en parler. Elle l'a déjà perdu un nombre incalculable de fois et à chaque fois, il s'est avéré qu'elle en était l'unique responsable. »

« Oui, Sir, pour le stylo plume, je suis parfaitement d'accord avec vous et je vais partir à sa recherche sans tarder. Mais les traces de boue dans la chambre froide proviennent sans aucun doute de bottes en caoutchouc et l'enchaînement des faits est sans faille. Je suppose que Sammy a vu Phillis se rendre au garage avec une tasse de thé et il en a profité pour retourner dans la maison. Toutes ces choses disparues, cela ne vous rappelle rien ? »

Sir Percival regarda Beanstock d'un air perplexe.

« Ce sont les ingrédients nécessaires pour un pique-nique en charmante compagnie. Ne pensez-vous pas, Sir ? Et si, de surcroît, les parents ne doivent pas en avoir vent, il faut les trouver ailleurs que chez soi. »

Le visage du baronnet s'assombrit.

Puis il explosa : « Non, ce Sammy est un bon garçon, il est hors de question qu'il soit puni pour une stupide incartade de jeunesse. Beanstock, surtout n'en soufflez mot à personne, et lorsque Gonzales me conduira au Conseil après le déjeuner, vous allez nous accompagner et vous vous rendrez à la ferme. Trouvez un prétexte pour parler en tête à tête avec Sammy. Il va reconnaître que c'était une bêtise, cela ne fait aucun doute. De plus, personne ne devrait être puni à cause d'une tourte, aussi délicieuse fût-elle. Et les roses, ça repousse. »

Le majordome se permit un petit sourire et dit : « J'avais espéré que vous en décideriez ainsi. Maintenant, je pars à la recherche du stylo plume. Je pense savoir où le trouver. Lady Fedora est allée au jardin aromatique ce matin, juste après le petit-déjeuner. Elle voulait y observer les fleurs d'aneth. »

« Beanstock, vous auriez fait un brillant détective ! Je suis fier de vous. »

Le majordome quitta la maison par la porte de devant. Il suivit le chemin qui contournait le ginkgo et menait au jardin aromatique clôturé.

Il y fleurait bon la camomille, la sauge, le persil et l'aneth qui poussaient en touffes exubérantes. A côté de l'aneth, des pots de thym et de basilic attendaient que le jardinier leur trouve un endroit où les replanter. Beanstock les examinait avec attention quand soudain, un rayon de soleil téméraire éclaira une surface scintillante qui se refléta dans les yeux du détective amateur. Le stylo était planté dans un des pots de thym comme si Lady Fedora avait essayé d'en faire la culture. Beanstock le nettoya.

Cet objet en or avait déjà connu, durant sa courte vie encrière, bon nombre de mésaventures. Combien de fois, l'ensemble du personnel de Parsley Manor ne l'avait-il cherché, allongé sur le sol, sous les armoires et les commodes.

On l'avait même retrouvé un jour piqué dans le chignon de Milady et comme elle en tenait le capuchon dans la main, un peu de son encre avait teinté d'un bleu tenace quelques mèches éparses, coloration qu'elle garda pendant quelques jours.

Il remit finalement le petit fugueur entre les mains de son heureuse propriétaire, sauvant une fois de plus, le temps d'une journée, la carrière de celle-ci !

A quatorze heures précises, Gonzales fit avancer devant le perron la Bentley grise rutilante. Beanstock ouvrit la portière arrière et Sir Percival monta, chapeau et canne à la main, l'air contrarié. Après avoir refermé sans bruit, le maître d'hôtel prit place devant, à côté du chauffeur. Gonzales le regarda, l'air interrogateur.

« Après avoir déposé Sir Percival, veuillez me conduire à la ferme de Pitsch. Vous aurez suffisamment de temps pour aller ensuite récupérer le baronnet », lui expliqua Beanstock. Gonzales acquiesça et démarra.

Ils atteignirent rapidement la vieille église bâtie dans les styles les plus divers. La tour avait conservé sa simplicité romane, en revanche le clocher pointu, qui la surmontait, relevait du gothique le plus pur. La nef était rythmée par des fenêtres aux arcs cintrés de l'époque Tudor avec leurs vitraux tandis que le transept était éclairé par de hautes fenêtres romanes sans trop d'ornements. Le porche, quant à lui, pouvait passer pour une tentative d'importation de baroque italien en Angleterre. A l'intérieur, les styles les plus divers semblaient s'être donné rendez-vous. Dans un coin de la crypte, un arbre de vie païen semblait même avoir trouvé une petite place dans un bas-relief sculpté dans la pierre. Le révérend Wilson, un homme aux joues rouges, dont les cheveux blancs en bataille auréolaient la tête, émit un jour une opinion originale: Et si ce minuscule édifice était une tentative de recenser toutes les croyances du monde? On le voyait souvent assis dans une des travées occupé à chercher dans son épais livre d'architecture quelque nouvelle découverte. Mais cet homme affable aimait son église, véritable mosaïque et dès qu'il en parlait, son visage s'illuminait.

Après que Sir Percival eût disparu dans le presbytère, Gonzales continua sa route, pour s'arrêter, quelques instants plus tard, dans la cour de ferme des Pitsch.

Le couple y vivait, avec ses trois enfants, Sammy, Bronté et Tara, ainsi qu'une foule d'animaux variés. Poules, moutons, vaches et au moins cinq chats et deux chiens, tout ce petit monde leur donnait un travail fou. Par bonheur, le fermier était revenu indemne de la guerre et avait pu reprendre, secondé par son fils Sammy, l'exploitation des terres.

Les deux petites filles jouaient avec des toupies scintillantes et colorées, qui roulaient en cliquetant sur les pavés.

La petite Tara, âgée de cinq ans, sautilla de joie, en voyant arriver la voiture. Mais, lorsque Beanstock en sortit, sa mine s'assombrit. Elle avait probablement espéré voir Sir Percival. Bronté et elle lui rendaient régulièrement visite, pour qu'il leur raconte des contes de la région ou d'autres histoires. Comme les baronnets n'avaient pas d'enfants, ils appréciaient particulièrement ces visites et Lady Fedora les régalait chaque fois de chocolat chaud et gâteaux au glaçage bien épais.

Le majordome, tout sourire, se pencha vers la petite fille en ébouriffant ses boucles rousses.

« Où se trouve Sammy, les filles ? »

La plus grande, Bronté, âgée de dix ans, fit une drôle de tête, remarqua Beanstock.

« Qu'est-ce que vous lui voulez, monsieur ? » demanda-t-elle d'une toute petite voix, tout en poussant la petite Tara de côté. Son instinct subtil lui soufflait que la fillette savait quelque chose.

« Rien de grave, ma petite, je veux juste revoir avec lui les commandes pour demain. Alors, où est-il ? »

« Il est parti en bicyclette au cloître ... » Tara ne put en dire plus, sa grande soeur lui ayant donné un bon coup de coude. Elle se frotta le côté d'un air mauvais.

« Nous ne savons pas vraiment où il voulait aller. Peut-être qu'il livrait quelque chose à l'hôtel Rosebud », tenta d'expliquer Bronté.

Le majordome les remercia, prit congé et remonta dans la voiture. Il put voir dans le rétroviseur qu'une dispute éclatait entre les deux fillettes, un sourire entendu éclairait son visage.

« Nous devons nous rendre à l'ancienne abbaye, Gonzales, nous avons suffisamment de temps. »

Le chauffeur traversa Parsley Field, longea sur sa droite la rivière Shirty et arrêta finalement la voiture à quelque distance des ruines pittoresques.

« Attendez-moi là, je vous prie, je n'en ai pas pour longtemps », dit Beanstock.

Il passa le porche de pierre du cloître, c'était, hormis

quelques murs effrités et l'autel principal, tout ce qui restait de l'édifice roman. Des buissons fleuris et des arbres en avaient pris possession, créant une ambiance romantique très prisée de la jeunesse du village. Une bicyclette était appuyée contre l'autel. Beanstock ne percevait aucun bruit, sauf les trilles d'un merle qui chantait à tue-tête sa joie de vivre. Des libellules virevoltaient au-dessus des herbes folles écrasées par endroit. Beanstock contourna la pierre et trouva Sammy recroquevillé dans un coin.

Le jeune garçon dégingandé, aux cheveux blonds tout bouclés et au visage parsemé de taches de rousseur, ne bougea pas. A côté de lui, il avait étalé une couverture puis disposé dessus tous les objets disparus de Parsley Manor.

« Laissez-moi tranquille. Je rembourserai tout ou plutôt non, allez chercher l'agent de police ! », marmonna le garçon entre ses dents.

Beanstock pouvait voir de grosses larmes couler sur ses joues. Avec beaucoup de précaution, il prit silencieusement place près de Sammy.

« Personne ici n'ira chercher la police, mon garçon. Sir Percival aimerait juste savoir pourquoi tu as fait ça. Qui voulais-tu impressionner ? »

Sammy leva la tête et pour la seconde fois, aujourd'hui, Beanstock sacrifia son mouchoir blanc pour sécher des larmes.

« Je voulais inviter quelqu'un à un pique-nique, mais elle n'est pas venue. En fait, elle s'est même moquée de moi, lorsque je suis passée la prendre. »

« Peux-du me dire, sous le sceau du secret le plus absolu, bien entendu, de qui il s'agit ? »

Sammy renifla à nouveau.

« Miss Summerset. Je l'aime. »

Seul un garçon de dix-sept ans pouvait dire cela avec une telle ferveur. Il jeta vers le maître d'hôtel un regard plein d'espoir, redoutant probablement qu'on se moque de lui une nouvelle fois.

Mais c'était mal connaître Beanstock, qui, l'air grave, lui passant un bras autour des épaules, le couvrit d'un regard réconfortant et lui dit : « Mon jeune ami, on peut dire que, pour un premier amour, tu as visé vraiment très haut, n'est-ce pas ? Je sais, tu vas encore souffrir un bon bout de temps, mais je peux aussi te promettre que tu t'en remettras. Tu oublieras très vite toute cette histoire, au plus tard quand tu auras rencontré une gentille fille de ton âge. Elle serait bien trop vieille pour toi, ne crois-tu pas ? Malgré tout, tu as mon plus grand respect, mon garçon. Je crois que je n'aurais jamais osé, lorsque j'avais ton âge, inviter une aussi jolie femme. »

Les larmes de Sammy s'étaient taries entre-temps et il parvint même à esquisser un petit sourire.

« Et maintenant, on fait quoi, Mr Beanstock ? »

« C'est tout simple. Moi, je prends le vin, les roses et la tourte et toi la couverture et ta bicyclette et tu files à la maison. Tes sœurs doivent attendre leur grand frère, c'est certain. Qu'en penses-tu ? Et on tire un trait sur toute cette histoire. »

Sammy, plein de gratitude, acquiesça et tous deux se levèrent. Il prit son vélo et s'éloigna, puis, s'arrêtant briè-vement, il se retourna et lança: « Merci, Mr Beanstock, c'est sacrément sympa de votre part. »

Puis il disparut derrière les arbres.

Lorsque le majordome monta dans la voiture, ses trésors dans les bras, Gonzales en resta bouche bée. Il n'avait pas vu Sammy et du coup, n'avait aucune idée d'où sortaient ces objets. Beanstock ne le lui dirait jamais.

Après avoir récupéré leur employeur, une fois la fastidieuse réunion de celui-ci terminée, ils repartirent et Sir Percival obtînt de Beanstock dans sa bibliothèque un rapide compte-rendu. Il fut très satisfait du travail de son maître d'hôtel et sourit avec douceur, lorsque ce dernier évoqua les tentatives de séduction insolites du jeune Sammy Pitsch.

« Vous l'ignorez peut-être, Beanstock », claironna-t-il,« mais dans ma jeunesse, j'étais un vrai Don Juan. Je connais quelques Vénus campagnardes qui se sont noyées dans mes yeux envoûtants. »

Ces derniers se perdirent dans la contemplation du plafond sur lequel des angelots peints s'ébattaient tout en lançant de coquins clins d'oeil au baronnet rondouillard et rougeaud.

« Il n'en fait aucun doute, Sir. », rétorqua Beanstock avec respect.

Sur ce, son employeur, plein d'entrain, siffla Junior, ouvrit la porte de la terrasse, à l'arrière de la maison et partit, en sifflotant joyeusement, faire sa promenade quotidienne. Le chien affichait son enthousiasme habituel en bondissant, tout excité, autour de son maître.

Mortecai, le matou gris, voulait justement partir en reconnaissance mais, apercevant Junior, il en décida tout autrement. Les deux animaux n'étaient pas les meilleurs amis du monde, comme en témoignaient de part et d'autre les nombreuses touffes de poils arrachées et les égratignures sanguinolentes.

Mrs Porkpie, rayonnante, replaça avec délectation sa tourte dans la chambre froide. Mr Herringbone retrouva sa rose primée et le remarquable Bourgogne reprit sa place sur l'étagère en attendant le dîner.

44

Tout était rentré dans l'ordre. Beanstock était comblé, il avait résolu sa première enquête. Et qui plus est, cet épisode s'était terminé sans victime, ni coupable. Que demander de plus ? Plus personne ne s'interrogeait sur le quand ou comment de ces disparitions en série. Et comme la discrétion du majordome était légendaire, aucun membre du personnel ne s'avisa de le questionner.

Seul Sir Percival, rapporta les faits à son épouse, une fois qu'il fut bien installé au chaud, sous une couette douillette. Comme tous les soirs, Lady Fedora était assise à côté de lui dans le lit surdimensionné aux colonnes en bois tourné et aux lourds rideaux de damas vieux rose. Ses lunettes rondes sur le nez, elle lisait un de ces romans à l'eau de rose, si en vogue de nos jours.

« Au fond, je crois bien que notre cher Beanstock a une âme de romantique, sous ses dehors de majordome. Pauvre Sammy, nous ne reviendrons plus jamais sur cette histoire. Vous avez fait, tous deux, du très bon travail. Ah ! Cette jeunesse ! », soupira-t-elle en retournant à son roman.

« Ma chère Fedora, si je puis me permettre, de cette jeunesse, tu es l'éternelle incarnation. », la complimenta-t-il.

Elle sourit.

« Tu as toujours été un grand romantique, Percy. »

Le calme s'installa doucement à Parsley Manor. Dans la cuisine, Phillis déposa en baillant les derniers couteaux propres dans le tiroir.

Mrs Porkpie rangea son célèbre biscuit dans le garde-manger. Demain, elle en ferait une véritable oeuvre d'art, à l'aide de gelée de framboises et de crème au beurre. Elle envoya la petite servante se coucher. Beaucoup de travail les attendait dans les jours à venir : il fallait préparer le

45

dîner de vendredi et la réception de samedi. Elle éteignit la lumière de la cuisine et monta dans sa chambre.

Au même moment, le valet, Harrison, ronflant comme une forge, dormait depuis une bonne heure sur ses deux oreilles. Bernice et la femme de chambre Filomène, montaient l'escalier de service tout en papotant et pouffant de rire de temps à autre. Dans sa chambre, Beanstock leva les yeux de son roman policier en secouant la tête d'un air réprobateur devant tant de légèreté.

Gonzales, disposant de sa soirée, devait être au pub dont le patron, O'Donoghue, était devenu un ami. Il avait été contraint de quitter l'Espagne bien avant la guerre et n'évoquait qu'à contrecoeur cette époque.

Le jardinier, quant à lui, examinait une dernière fois sa rose Moonlight-Shadow, pour être absolument sûr qu'elle n'avait subi aucun outrage.

Mortecai l'observait de ses yeux mi-clos, il semblait se demander quand son maître allait enfin se décider à s'occuper de son chat plutôt que de ce truc vert à l'odeur bizarre.

Dans le bureau de la gouvernante, en revanche, la lumière brilla jusqu'aux premières lueurs de l'aube. Le courrier, qu'elle avait reçu le matin même par la poste, l'inquiétait profondément. Elle avait sorti d'une cassette fermée à clef un paquet de lettres jaunies, entourées d'un ruban vert fané, qu'elle relisait l'une après l'autre, mais, au fil de sa lecture, sa mine ne faisait que s'assombrir.

Entre-temps, le manoir de Parsley avait sombré dans un profond sommeil qu'aucun mauvais pressentiment ne venait troubler.

## A PARSLEY FIELD

Mr Partridge commençait chaque jour son activité de facteur à laquelle il prenait beaucoup de plaisir, par Parsley Manor et les baronnets avant de se rendre au village. Ce matin-là, après avoir traversé la rivière, il descendit de sa bicyclette pour inspecter le contenu de sa sacoche.

Il en sortit deux lettres puis entra dans le respectable pub du village de Parsley Field. C'est le plus souvent par lui qu'il entamait sa tournée à Parsley Field, occasion en or de boire une bière fraîche ou, s'il était tard, une Porter.

Il était encore tôt et Sean O'Donoghue, le patron, était installé à une des tables reluisantes de propreté, il lisait le journal et buvait son thé matinal. C'était un homme grand et athlétique d'une quarantaine d'années. Ses cheveux bruns bouclés lui tombaient sur les épaules et avec ses yeux bleu éclatant, il avait tout d'un intrépide corsaire. Ses parents avaient quitté l'Irlande il y avait des années de cela, pour s'installer à Parsley Field, où ils avaient rapidement ouvert ce pub dans une ancienne auberge à moitié en ruines, le Parsley Inn. Son père s'était très vite fait un nom, d'une part grâce à son choix remarquable de bières et de whiskys, mais surtout du fait des récits de ses terrifiantes multiples aventures irlandaises. Le pub était devenu un des lieux de rencontre les plus appréciés du comté.

Sean l'avait repris, mais en avait changé le nom. Le pub s'appelait maintenant Jack O'Lantern. Il y fleurait bon le tabac, le vieux bois et l'excellent whisky.

« Une lettre de la Maison pour toi, Sean, ils ont dû se

fendre d'une invitation. Ils attendent de la visite ce vendredi. C'est ma petite qui me l'a dit. Mais hier, elle ne savait
pas vraiment de qui il s'agissait. »

Le facteur considérait avec curiosité l'élégante enveloppe en vélin filigrané. Sean s'en empara, la déposa sans-
façon à côté de lui et se replongea en grommelant dans son
journal. Mr Partridge continua à le regarder un moment,
espérant un geste, mais le tenancier du bar n'avait apparemment pas l'intention de lui offrir une bière à une heure si
matinale. Il poussa un long soupir bruyant qui ne dérangea
nullement O'Donoghue. Mr Partridge haussa les épaules et
partit. Sean le suivit du regard, tout en souriant et en
secouant la tête.

Il continua sa distribution juste à côté, dans la petite
épicerie de la veuve Bloom. C'était une boutique pleine de
charme et très appréciée de tous. Derrière deux grandes
fenêtres à meneaux ouvertes de part et d'autre de la porte,
on apercevait toute sorte de marchandises colorées. Devant
la boutique, des hortensias bleus et blancs s'épanouissaient
dans des bacs et un banc blanc en bois invitait à la détente.

Après avoir grimpé les deux marches qui menaient au
magasin, on était accueilli par une dame aux cheveux
blancs, toujours souriante et chaleureuse, installée derrière
un comptoir en bois sombre dont les côtés étaient ornés de
coûteuses sculptures. Depuis que le colonel Bloom, son
époux, était tombé au combat, elle tenait la boutique toute
seule. On y trouvait tout ce qui pouvait améliorer la vie à la
campagne, du maquillage pour ces dames aux bottes en
caoutchouc pour messieurs jusqu'à même de la porcelaine
fine de Chine. Et ce qu'elle n'avait pas en stock, elle le
commandait à Londres, ce n'était pas bien loin. Elle avait la
réputation de pouvoir tout vous procurer. En général, on la

48

voyait tôt le matin, des lunettes rondes en or au bout du nez, penchée sur ses livres de comptes à examiner ligne après ligne les colonnes de chiffres.

Elle aperçut le facteur à la porte et s'avança vers lui.

« Ai-je du courrier aujourd'hui, Mr Partridge ? Vous êtes au courant que j'attends depuis un petit bout de temps  un paquet. »

« Désolée, Mrs Bloom, il n'y a toujours rien.  En revanche, voilà une lettre de la Maison. »

Il lui remit l'épaisse enveloppe en vélin filigrané couverte d'une fine écriture. Dévoré par la curiosité, il la suivit à l'intérieur de la boutique mais, la veuve Bloom ne lui fit pas non plus le plaisir de l'ouvrir devant lui. Elle retourna la lettre dans tous les sens, avant de la déposer dans un des tiroirs.

« Vous désirez autre chose, Mr Partridge ? Du tabac peut-être ?», lui demanda-t-elle en le voyant attendre, indécis, dans l'embrasure de la porte. Puis elle sourit, d'un air entendu et lui tendit le bocal rond en verre épais plein de ces délicieux bonbons à la framboise qu'il adorait. Mr Partridge laissa échapper un soupir, saisit une des exquises friandises et la mit dans sa bouche, avec délectation.

« Non, merci, tout va bien ! », répondit-il, déçu.

Debout à côté de son vélo, il regarda à qui était adressée la lettre suivante et sa mine s'éclaira. Il esquissa un sourire et se hâta de traverser la place, pour rejoindre la pharmacie, en contournant le vieux chêne planté en son centre.

C'était l'unique endroit du comté où l'on pouvait se procurer des médicaments. Les gens y venaient de tous les villages alentour. Parsley Field avait eu la chance que le vieil Hoppleton s'y installe autrefois.

Son fils, George avait repris l'officine et comme il avait

deux enfants, un fils et une fille, il était donc fort probable que la tradition se perpétue.

La maison était peinte d'un vert éclatant et affichait comme le magasin de la veuve Bloom, deux fenêtres à meneaux. Mais, devant la façade, pas d'hortensias mais des géraniums rouge vif et aussi un banc mais, vert, bien entendu.

Tout le village savait combien la veuve Bloom et la femme du pharmacien, Mrs Hoppleton se détestaient. Chaque année, elles se livraient au même concours vain et absolument insensé à qui aurait le plus beau magasin.

Lorsque le facteur ouvrit la porte et que le carillon familier tinta, les deux femmes de la maison étaient déjà là et elles le regardaient sans chercher à dissimuler leur curiosité. La fille des Hoppleton, Pamela, au joli minois encadré de longs cheveux blonds, lui arracha carrément l'enveloppe des mains.

« S'agit-il de ce à quoi je pense ? Allez, dites-le moi, Partridge, est-ce bien ce que ça devrait être et ce que je désirais tant recevoir ? »

« Euh, comment dire, enfin, euh, c'était quoi, la question déjà ? », balbutia le facteur, un peu dépassé.

« Laisse-le donc parler, Pam, tu es complètement sur-voltée, un peu de tenue, ma fille, voyons un peu de tenue !» Mrs Hoppleton lui prit la lettre des mains et l'ouvrit avec une lenteur calculée.

*Enfin!* pensa Mr Partridge, *je savais bien qu'ici ça marcherait.*

L'épouse du pharmacien sortit la feuille de papier ornée du blason et la déplia.

« Mère, si tu ne me la dis pas tout de suite, je vais tomber en pâmoison ! », promit Pamela.

La tête appuyée sur ses mains, le pharmacien, énervé, attendait derrière son comptoir aux boiseries sombres. Mrs Hoppleton laissa tomber la feuille: « Nous sommes invités à la réception ! Oh ! Mon Dieu ! Qu'est-ce qu'on va bien pouvoir mettre ? », s'exclama-t-elle. Mère et fille, incrédules, tenant la main l'une de l'autre, se regardaient, en poussant des cris de joie.

Le facteur profita de l'aubaine et ramassa la lettre pour y jeter un rapide coup d'oeil.

L'écriture, particulièrement élégante, de Lady Fedora figurait sur le papier:

*Lady Fedora et Sir Percival Parsley*
*sont heureux de vous inviter, vous et votre famille,*
*à la réception intime*
*qu'ils donneront samedi à douze heures à l'occasion*
*de la visite de leur filleule*
*Priscilla Hillman.*

Les deux femmes avaient entretemps disparu par une des portes de la pharmacie. Mais on put entendre longtemps encore l'écho de leurs bavardages excités.

Le visage du facteur avait un peu blêmi. Comme hypnotisé, il fixait le papier qu'il tenait dans la main.

« Vous n'auriez pas pu jeter cette satanée enveloppe dans la Shirty ? C'est quelque chose que je n'arrive pas à saisir. Pourquoi Lady Fedora invite-t-elle tout un chacun chez elle ? Pourquoi ne peut-elle pas faire preuve de la même suffisance que tous ceux de sa caste, avoir une sacrée dose d'arrogance et n'inviter que ses semblables ? Ce désastre avec ces deux femmes à moitié timbrées me serait épargné. Et je me contenterais de retrouver le pasteur et le médecin au pub une fois par semaine. Et tout suivrait le cours immuable des choses », se lamenta le pharmacien.

Le facteur se contenta de hausser les épaules, il déposa la lettre sur le comptoir et continua sa tournée. Il donna un bon coup de pédale et se rendit à la grande maison au toit de chaume à l'autre bout du village.

C'est là que le docteur Winterbottom avait son cabinet et, comme c'était plus pratique ainsi, il partageait les locaux avec sa soeur Rachel, elle-même vétérinaire. Tant qu'ils ne se mélangeaient pas les pinceaux, les patients étaient contents. Même si un jour le pasteur Wilson ayant des maux d'estomac, avait pris place dans la salle d'attente près de la veuve Bloom, qui y avait amené son matou Peter. L'animal souffrait de symptômes identiques, après avoir une fois de plus fait la razzia sur le sachet rempli des fameux bonbons à la framboise.

Médecin et vétérinaire reçurent leur invitation. Le Dr. Rachel Winterbottom, une jolie jeune femme très mince aux cheveux blonds coupés courts, fut prise d'une violente quinte de toux, à la lecture de la lettre.

Après l'avoir tendue à son frère, elle se rendit en toute hâte dans son cabinet.

Le Dr. Timothy Winterbottom, encore et toujours le célibataire le plus convoité des environs, la lut en levant un sourcil, l'air dégoûté. Puis, en signe d'approbation, il hocha la tête en direction de sa soeur.

Le facteur tourna son bicyclette et rebroussa chemin. Il lui restait une invitation qu'il avait sciemment gardée pour la fin.

Il passa devant la gare, l'église de bric et de broc, la pharmacie, la boutique du coin et le pub, il longea la rivière, traversa le petit bois, laissa derrière lui les ruines de l'abbaye que les normands avaient détruite depuis des lustres, et arriva enfin devant un hôtel. C'est là que son épouse travaillait comme réceptionniste.

Il s'agissait d'un beau bâtiment art déco, d'un blanc immaculé aux hauts plafonds ornés de stuc et aux portes dotées en leur intérieur de vitraux multicolores. L'hôtel au nom étrange de Rosebud avait appartenu dans les années 1920 à un peintre connu qui y organisait également des expositions. Il se murmurait aussi à Parsley Field qu'il y donnait des fêtes extravagantes. On disait même qu'un des membres de la famille royale y aurait eu ses entrées.

La vie dissolue qu'il menait lui valut une mort précoce et son épouse dut se résoudre à vendre l'hôtel. Il avait été racheté par un Indien fortuné qui avait quitté la colonie de la Couronne. Ce dernier avait, de plus, loué des terres au baronnet Parsley pour y construire un gigantesque terrain de golf. L'hôtel avait été modifié et il comptait maintenant quarante chambres.

Mr Partridge déposa son vélo à la porte de service et pénétra dans la maison par les cuisines. Il y régnait une vive agitation et les ordres du cuisinier claquaient dans l'air. D'un signe de tête, le facteur le salua et passa la porte battante qui conduisait au couloir. Il suivit sur sa droite un long corridor.

Il frappa à une haute porte blanche et après avoir entendu un bref : « Entrez ! », il s'exécuta. Dans son bureau de dimensions modestes, la secrétaire, Miss Summerset, était assise à sa machine à écrire, ses doigts semblaient tourbillonner sur les touches. C'était une belle femme aux longs cheveux blonds qu'elle portait relevés. Elle avait une bouche sensuelle soulignée d'un rouge à lèvres rubis. Son tailleur lie de vin était très ajusté et ses escarpins hauts, assortis. Mr Partridge piqua un fard jusqu'aux oreilles comme à chaque fois qu'il la voyait. Il se racla la gorge et lui tendit le courrier. Miss Summerset se leva avec un sourire, prit les lettres et lui lança un regard charmeur.

« Est-ce tout pour aujourd'hui, Mr Partridge ? », lui souffla-t-elle au visage, les yeux mi-clos, jouant de ses longs cils colorés de mascara noir. Les oreilles du facteur virèrent au pourpre.

« Tout ! », parvint-il à murmurer d'une voix rauque, puis il se détourna en vitesse et disparut.

Miss Summerset frappa à la porte du bureau de son employeur et entra dans le spacieux bureau.

Des photographies encadrées de bois doré étaient suspendues aux murs bordeaux. Toutes représentaient l'Inde, ses paysages luxuriants, ses palais. Un immense bureau aux sculptures sombres et applications d'or trônait devant la fenêtre. Derrière, un fauteuil si grand qu'il aurait plu à un monarque.

Un homme de haute stature se tenait à la fenêtre aux rideaux rouges imprimés de fleurs. Il regardait le jardin. Ses cheveux noirs, mi-longs, étaient parsemés de mèches blanches. A l'encontre de la tradition indienne héritée d'une famille aisée, il portait un complet anthracite droit, qui sortait de chez un tailleur, une cravate en soie grise, mêlée de fils d'or et des chaussures lacées faites main par l'un des meilleurs chausseurs d'Angleterre. Lorsque Miss Summerset entra, il se retourna et l'interrogea du regard.

« Je ne voulais pas être dérangé », dit-il d'une voix douce et basse.

« Je suis désolée, Mr Divari, mais ce courrier ne peut attendre, il s'agit d'une lettre de *la Maison*. »

Partout, on appelait Parsley Manor *la Maison*. Chacun

savait de quoi il s'agissait. L'Indien leva un sourcil et saisit la lettre. Miss Summerset lui fit un bref signe de la tête et retourna dans son bureau.

Davinder Divari ouvrit l'enveloppe avec un fin coupe-papier en or très tranchant, en sortit la feuille de vélin filigrané et la déplia avec précautions, comme s'il craignait d'y découvrir quelque horrible nouvelle. Après l'avoir relue à maintes reprises, il appuya sur un bouton.

Miss Summerset apparut un bloc de sténo et un stylo à la main. Il lui remit l'invitation.

« Transmettez, s'il vous plaît, mes sincères remerciements pour cette invitation, mais je ne pourrai pas être des leurs. Veuillez agréer etc. etc. Vous l'enverrez aujourd'hui même à Parsley Manor. »

La secrétaire le regarda avec bienveillance, après avoir lancé un coup d'œil sur la lettre.

« Mais, Mr Divari, c'est une invitation très importante. Il est indispensable que l'hôtel soigne ses relations avec les baronnets. Vous savez bien que Sir Percival et son épouse ont maintes fois recommandé le *Rosebud*. En outre, vous aviez dit vouloir prendre une plus grande part à la vie sociale du comté. Ce serait une bonne occasion. Et puis, cette diva hollywoodienne, quelle opportunité pour établir des liens au-delà de l'atlantique ... »

L'indien poussa un soupir.

« Vous avez raison, comme toujours. Je devrais essayer d'être plus ouvert. Bien, signalez que je viendrai. Vous m'accompagnerez. »

Miss Summerset esquissa un sourire contraint et retourna à son travail. Une fois assise, elle parcourut l'invitation, les lèvres pincées. Son regard se perdit par la fenêtre dans un passé lointain qu'elle seule pouvait voir. Puis, elle prit une profonde inspiration et recommença à marteler les touches de sa machine à écrire.

Le facteur avait rejoint la réception. Sa femme était à son poste, derrière le comptoir, elle triait les réservations des jours précédents. Lorsqu'elle leva les yeux et vit arriver son mari, un pli de colère barra son front.

« Chéri, tes oreilles sont de nouveau cramoisies. Ce n'est pas nécessaire de me dire quoi que ce soit. Je sais fort bien où tu étais. » Elle se remit au travail avec toute l'énergie d'une colère rentrée.

Mr Partridge claqua les talons en passant devant elle et disparut à grands pas par la porte principale. En fait, il avait espéré se voir offrir une bonne tasse de thé et un délicieux petit pain aux raisins. Maintenant, il ne lui restait plus qu'à boire un thé au pub et, à cette heure-ci, il n'y avait plus un seul des savoureux scones. Dans ces conditions, et bien qu'il soit trop tôt, il pourrait s'offrir un whisky. Déprimé, il inspira profondément, s'assit sur son vélo et repartit lentement vers Parsley Field. Les pensées se bousculaient dans sa tête.

Ne devait-il pas dire à son épouse qui l'on attendait à *la Maison* ?

## UNE DIVA FAIT
## SON APPARITION

La gare de Parsley Field connaissait ce jour-là une inhabituelle affluence. Il s'agissait surtout de groupes de jeunes gens et de jeunes filles dispersés le long du quai ce qui décuplait la nervosité de Mr Templar, le chef de gare.

Assis sur son banc devant la vieille gare à siroter son thé sucré, il devait faire face à une marée humaine insolite. Ce qui l'étonnait le plus, c'était le nombre de jeunes venus du village voisin. Alors que ce même village avait sa propre gare. Pas aussi belle que celle de Parsley Field, bien sûr, se dit Mr Templar en s'autorisant un petit sourire de satisfaction.

Il ne cessait de jeter des coups d'œil à la grande horloge antique et solennelle suspendue au-dessus du quai par une potence en fer forgé très travaillé.

Peu de passagers descendaient d'habitude à cet arrêt le vendredi soir et ce n'était pas non plus une heure à laquelle beaucoup d'autochtones voulaient partir. Il ne trouvait pas d'explication au phénomène.

Dix minutes avant l'arrivée du train de Londres, le chauffeur de Parsley Manor avança la voiture devant la gare. Mr Templar fut alors enfin persuadé qu'il avait oublié un détail. Il posa sa tasse de thé encore à moitié pleine sur le rebord de la fenêtre et se rendit sur le quai. Sa nervosité crût de plus belle.

Gonzales descendit de la Bentley rutilante. Il avait enfilé son plus bel uniforme, celui aux boutons en or brillant. Il portait sur la tête ce chapeau spécial que Sir Percival lui avait acheté à Londres. Il ne le mettait que pour des occasions tout à fait particulières et faisait très attention à ne pas abîmer ce chef d'oeuvre de couvre-chef. Il fit un petit signe de la tête à un Mr Templar survolté et contempla la foule avec étonnement. A dix-huit heures vingt, le train entra en gare.

Mr Templar tenta d'écarter la foule curieuse se pressant au bord du quai. Le train s'arrêta avec un crissement de freins. Et au même moment, apparurent à la fenêtre de la locomotive les têtes du conducteur de manoeuvres et du chauffeur qui regardaient avec une attention soutenue l'arrière du train.

Mr Templar s'avança vers eux et s'enquit de toute cette agitation.

« Winston Churchill serait-il par hasard dans le train ? »

Le chauffeur, un homme maigre aux cheveux clairsemés sous une casquette sale, alluma une cigarette avec un sourire narquois.

« Voyons ! Vous devez bien le savoir. Une visite prestigieuse de Hollywood. Regardez moi donc cette beauté, Templar. Voilà une femme tout à fait à mon goût. »

« Et elle ne t'accorderait même pas un regard, Charly. Et maintenant au travail, la chaudière t'attend. »

« On repart immédiatement ! » grommela le conducteur.

Au même moment les discussions bruyantes s'éteignirent et un murmure monta parmi la foule. D'aucuns restaient figés, semblables à des statues, la bouche ouverte, médusés.

La porte d'une voiture s'était ouverte. Gonzales fit un bond et se pressa vers le marchepied, tendant une main galante. On vit d'abord un pied menu exquisément fin, chaussé d'un magnifique escarpin émeraude au talon vertigineux. Apparut alors à la porte de la voiture, semblable à un ange divin, une dame d'une beauté à couper le souffle. Accentuant à dessein l'émoi suscité par son apparition, elle s'attarda quelques instants, immobile sur les marches et les paupières mi-closes, elle balaya la foule du regard.

Elle était vêtue d'un costume émeraude, taillé de si près qu'il épousait parfaitement les formes de son corps splendide, soulignant ses atouts plus qu'il ne les dissimulait. D'un geste raffiné, elle rabattit son élégante étole de fourrure blanc neige sur ses épaules et descendit d'une marche. Elle s'était, entre temps, saisie de la main de Gonzalès, qui, pour la toute première fois de sa vie, resta sans voix.

« Bon sang ! » laissa-t-il échapper dans un murmure.

Il distinguait à peine sous les longs cils noirs les yeux d'un bleu clair et les lèvres colorées d'un rouge vermeil esquissaient un sourire condescendant.

Inga Hillman savourait pleinement le trouble qu'elle suscitait. Elle secoua d'un geste absolument théâtral sa chevelure noir d'ébène qui arborait une coupe au carré et bientôt, ses escarpins touchèrent le sol et elle fut sur le quai.

Un murmure parcourut la foule.

La vieille Mrs Pommerton tapota le chef de gare sur la manche de son uniforme.

« Mr Templar, quand le train va-t-il enfin continuer sa route ? Je dois me rendre chez ma fille. Vous savez bien qu'elle est souffrante. Quand même ! Que signifie cet attroupement ridicule ? », vociféra-t-elle de sa voix aigüe, si typique, et qui avait le don de provoquer de terribles maux d'oreilles. Et comme elle était dure d'oreille, elle n'en avait absolument pas conscience. Mr Templar l'aida rapidement à remonter dans le train, referma la porte de la voiture derrière une Mrs Pommerton qui continuait à se répandre en lamentations. Elle ouvrit à grand peine la fenêtre et hurla à l'adresse de Mr Templar.

« Ma corbeille est restée dehors sur le quai… le délicieux bouillon de poulet pour ma fille ! »

Le chef de gare attrapa prestement la corbeille et la lui remit par la fenêtre du compartiment.

Gonzalès accompagna Miss Hillman à la voiture et rangea les bagages dans le coffre de l'automobile. Il devait y caser pas moins de quatre malles, un sac et deux cartons à chapeaux. Par chance, Mr Van Horten avait annoncé l'après-midi même lors d'un coup de fil son arrivée tardive et il viendrait probablement avec sa propre voiture. Sous l'effort, Gonzalès, respirait bruyamment.

Mr Templar agita son drapeau rouge et vit, avec un plaisir manifeste, le train et la horde d'indésirables quitta enfin sa gare. De la poche du pantalon, il sortit un grand mouchoir et s'épongea les gouttelettes de sueur qui perlaient sur son front.

À présent, quelques jeunes personnes se pressaient contre la Bentley, dans l'espoir d'entrevoir la star hollywoodienne. Alors que la voiture n'avait pas encore démarré, Inga souleva son bras gauche et commença à saluer ses admirateurs, à l'instar de la reine Elizabeth. Elle accompagna ce geste d'un sourire doux et plein d'indulgence.

La voiture se mit enfin en branle et Gonzalès se fraya avec beaucoup de précaution un passage au milieu de l'attroupement puis rejoignit la route qui menait à la rivière Shirty.

Inga sortit de son réticule de couleur argenté un petit

boîtier et s'appliqua de la poudre sur le nez.

Persuadé d'être parfaitement discret, Gonzalès l'observa dans le rétroviseur. Lorsqu'elle eut fini, elle lui jeta une oeillade malicieuse, s'enfouit dans son étole de fourrure et ferma les yeux.

S'il n'en tenait qu'au chauffeur, le trajet aurait pu durer plus longtemps et il regretta maintenant que le manoir soit si proche du village ; mais c'était ainsi. Peu après, il emprunta la longue allée qui menait au manoir et s'immobilisa devant le gigantesque ginkgo. La porte d'entrée s'ouvrit à toute volée et Lady Fedora, folle de joie, fondit sur la voiture, ouvrit la portière avec fougue et serra, sans retenue, sa filleule dans ses bras.

« Ma chère Priscilla, cela fait si longtemps, trop longtemps que nous nous sommes vues ! » s'exclama milady.

La jeune femme descendit de la voiture, réajusta son étole de fourrure, leva les yeux et contempla la haute façade de la somptueuse bâtisse et répondit dans un souffle: « Assurément… longtemps, très longtemps, ma très chère Fedora. Appelle-moi Inga, pas Priscilla ! Je constate que rien n'a changé ici, n'est-ce pas ? »

Lady Fedora fut légèrement surprise, mais ne laissa rien transparaître de son malaise; elle passa son bras sous celui de sa filleule qui lui avait cruellement manqué et elles pénétrèrent dans la maison. Les domestiques dans leurs jupes, tabliers et chemises fraîchement amidonnées se tenaient tous à l'entrée pour accueillir l'invitée. Lady Fedora présenta rapidement le personnel et fit part à Inga que sa femme de chambre, Filomène, serait tout le long du séjour à l'entière et exclusive disposition de celle-ci.

Miss Hillman montra un ennui profond.

« Ma chère Fedora, je suis un peu lasse. Je voudrais me

retirer dans ma chambre et m'y reposer. » Elle prit une cigarette d'un étui doré, l'inséra dans un long fume-cigarette, doré lui aussi et jeta un regard interrogateur autour d'elle. Mr Beanstock sortit un briquet de sa poche et approcha la flamme de la cigarette. Il inclina brièvement de la tête et recula, pour rejoindre sa place dans la rangée des domestiques.

Lady Fedora toussota légèrement.

« Mais bien entendu, ma chère. Filomène va te conduire dans la chambre verte. Nous espérons qu'elle sera à ton entière satisfaction. Le dîner sera servi à vingt heures. Nous sommes confiants que notre deuxième invité sera également là. »

Filomène et le valet, Harrison, prirent les coffres et les sacs et montèrent à l'étage, où se situaient les chambres d'amis. Les autres domestiques retournèrent en toute hâte à leurs besognes. Ils avaient beaucoup à se raconter. Seul, le majordome ne bougea pas, et il fixait, plein de déférence, le sol. Lady Fedora avait l'impression désagréable d'avoir été face à une parfaite inconnue.

« Beanstock, pourriez-vous placer discrètement des cendriers. J'ignorais qu'elle fumait. C'est tout à fait nouveau pour moi, tout comme son nom, Inga », soupira-t-elle. C'est le moment que choisit Sir Percival, pour rentrer bruyamment de sa longue promenade avec Junior ; il vit immédiatement que sa femme était bouleversée.

« Tout va bien, ma chérie ? Excuse moi, je suis un peu en retard », dit-il prudemment. « Où est donc notre chère invitée ? Elle n'est pas là ? » Il regarda tout autour de lui et scruta son majordome.

« Miss Hillman a été ponctuelle et elle se repose un peu avant le dîner. Si vous le permettez, je voudrais retourner à mes préparatifs. »

Sir Percival hocha de la tête.

« Faites en sorte, Beanstock, que l'on m'apporte une bonne tasse de thé au salon », dit le maître de céans, sans quitter sa femme des yeux.

« Avec votre permission, je vous amène également la carafe de Whisky, Sir », répondit le serviteur avec bienveillance.

« Que ferions-nous sans vous ? », demanda Lady Fedora et le majordome remarqua une larme perler au coin de ses yeux.

« Où sont passées ses adorables petites boucles blondes et ses ravissantes tâches de rousseur, ses jolies socquettes roses ? », murmura-t-elle, en se rendant au salon. Sir Percival sourit tendrement et d'un clin d'oeil, signifia à Beanstock de se dépêcher avec le whisky.

« Tout va bien, chérie, calme-toi », susurra tendrement Sir Percival à son épouse, en la poussant doucement vers le salon.

« C'était une enfant si adorable et si plaisante, enjouée. Ses parents étaient si fiers d'elle. Ohhh ! Mais pourquoi devaient-ils nous quitter si tôt ? » Lady Fedora était abattue.

Peu avant vingt heures, on entendit crisser des pneus sur le gravier devant la maison.

On sonna à la porte et Beanstock, avec son flegme habituel, alla de son pas tranquille ouvrir la porte d'entrée. Une Bugatti Atalante noire était garée devant la maison.

Gonzales, tout occupé, malgré l'heure tardive, à bricoler sa propre voiture, une vieille Ford, qu'il avait découverte chez son ami O'Donoghue, sortit du garage et vint d'un pas rapide. Le tenancier du pub local lui avait cédé la voiture avec les mots suivants : « On ne peut plus rien faire pour elle. » Jusqu'à présent, Gonzales avait refusé de partager son avis et à chaque minute dont il disposait, il essayait de redonner vie au véhicule.

Semblable à une panthère prête à bondir, il tourna tout autour de la voiture du nouvel arrivant. Lorsque Beanstock le remarqua, il fronça les sourcils.

Un monsieur sortit du véhicule et jeta un regard satisfait et amusé au chauffeur qui semblait complètement médusé. L'homme était de haute stature et mince. Sous le chapeau de feutre marron, brillaient des cheveux gris argent. L'élégant costume sur mesure d'un marron foncé lui allait à merveille. Tout était chez lui parfaitement harmonieux.

Seuls ses yeux froids et dépourvus de tout sentiment apportaient une note dissonante à l'ensemble. Le regard perspicace du maître d'hôtel enregistrait immédiatement ce genre de détails. En règle générale, il pouvait dès le premier coup d'oeil se faire une opinion précise des personnes et il ne se trompait que rarement. Le visiteur en question était en l'occurrence un calculateur froid et égoïste qui s'était fait un point d'honneur de ne jamais révéler ses émotions.

Mr Van Horten, l'éditeur de Londres de Lady Fedora, était âgé de cinquante-cinq ans et célibataire. Et il n'était pas sans raison l'une des personnes les plus riches de sa profession.

« C'est une Bugatti, modèle 57 S Atalante », dit dans un souffle Gonzales, fasciné, « il n'en a été fabriqué qu'un nombre très limité. »

Mr Van Horten ouvrit le coffre de sa voiture et en sortit une petite valise en cuir crocodile, un porte-documents et un porte-vêtements de voyage. Mr Beanstock se chargea des bagages.

« Puis-je vous souhaiter la bienvenue à Parsley Manor, Monsieur ? »

Le maître et la maîtresse de maison vinrent du salon à l'encontre de Mr Van Horten. Lady Fedora portait maintenant une longue robe d'un vert sombre, avec une magnifique broche émeraude à son col.

De sa chevelure dépassait un bigoudi. Beanstock se doutait bien que cet accessoire n'avait rien à faire là. *Filomène Arbuckle ! Il va falloir que j'aie à nouveau un entretien sérieux avec la jeune cameriste de milady,* se dit-il, tout en retirant discrètement l'objet incongru. La servante de la maîtresse de maison était connue pour ses étourderies fréquentes. Beanstock avait plusieurs fois déjà attiré son attention sur son manque de rigueur. Miss Arbuckle en avait pris note, sans pour autant retenir la leçon.

Sir Percival, quant à lui, était vêtu de son smoking bleu nuit et saluait maintenant le nouvel arrivé, comme à l'accoutumée, de sa voix sonore. Junior, pétulant de joie, sautillait semblable à un yo-yo tout autour du groupe et il fallut le rappeler à l'ordre. Le valet, Harrison, impeccable dans son costume, prit la valise et la housse de vêtements de voyage des mains du majordome et monta les déposer dans la chambre d'hôtes bleue. L'éditeur refusa de se séparer de son porte-documents. Beanstock se chargea du couvre-chef de l'invité et ils se rendirent au salon, pour y déguster un apéritif avant le dîner. Avec des gestes précis et sûrs dus à sa longue expérience, le maître d'hôtel leur mixa les boissons souhaitées.

Mr Van Horten ne perdit pas une minute. « Ma très chère Lady Fedora, je vous remercie de l'invitation ;

néanmoins, nous devons à tout prix nous entretenir au sujet de votre livre, *les herbes et plantes de mon jardin* à paraître sous peu. Il convient d'effacer certaines inexactitudes. »

Lady Fedora le regarda d'un air interrogateur. « Quelles inexactitudes ? Vous ne m'en avez jusque là jamais fait mention. »

«Voyons ! Voyons ! Vous n'allez pas parler travail, aujourd'hui, pas par cette soirée magnifique », s'exclama Sir Percival en levant son verre, un mélange de gin et d'eau tonique. Mr Van Horten sourit légèrement. Le maître de céans était dans son élément.

« Saviez-vous que les citoyens de Rome connaissaient déjà un genre d'apéritif ? Les citoyens de Rome appréciaient tout autant le caractère stimulant sur l'appétit de plantes dissoutes dans du vin que leur effet apaisant sur les maux d'estomac. Ils pouvaient alors s'adonner à coeur joie à des repas copieux et aux célèbres orgies romaines sans aucune crainte. » Il rit à gorge déployée de sa blague présumée.

« Oh! Doit-on s'attendre à une orgie ? Je crains de ne pas être habillée pour la circonstance », riposta Inga, se mettant une fois de plus en scène.

Elle se tenait dans une posture théâtrale sur le pas de la porte du salon, un sourire envoûtant sur ses lèvres d'un rouge écarlate. Elle portait une longue robe fluide en satin blanc brodée de centaines de sequins dorés, brillants de mille feux. Ses pieds étaient chaussés de magnifiques escarpins ornés de vrilles dorées. Elle arborait de longs gants en satin blanc étincelant montant jusqu'aux coudes.

Sir Percival ouvrit la bouche, mais aucun son n'en sortit et ce n'est que lorsqu'il croisa le regard de son épouse fixé sur lui, qu'il toussota légèrement et s'empressa de prendre une gorgée de sa boisson.

Lady Fedora prit la parole pour lui et présenta les invités l'un à l'autre.

« Puis-je vous présenter, Mr Van Horten, Miss Inga Hillman, ma filleule. »

Beanstock, qui préparait un martini pour Miss Hillman, remarqua la courte stupéfaction de l'éditeur. Une ombre fugace passa sur son visage, il semblait la reconnaître et quelques gouttes de sueur perlèrent à son front. Beanstock mit cette réaction sur le compte de la prestation envoûtante de l'actrice. Quel homme pourrait y rester insensible ?

Miss Hillman, coquette, tendit sa main droite à Mr van Horten, qui s'inclina légèrement, ignorant la main tendue.

Le silence se fit dans la pièce. On aurait pu entendre les battements d'ailes d'un papillon. Inga Hillman le gratifia d'un long regard singulièrement méprisant. « Ne nous connaissons-nous pas, Mr Van Horten ? », lui demanda-t-elle.

Sir Percival prit une inspiration profonde et tenta de changer de sujet, mais le regard explicite de son épouse l'en dissuada. Par chance, le son du gong, annonçant que le repas était servi, mit fin au silence de plomb et tous se rendirent à la salle à manger.

Bernice et Phillis avaient orné la table d'une ravissante nappe en tissu damassé de couleur blanche, portant le blason des Baronets et disposé l'argenterie. Un magnifique bouquet de fleurs trônait en son centre. Le fameux sourire radieux de Lady Fedora éclaira à nouveau son visage.

Après que chacun eut prit place, un délicieux consommé fut servi en hors d'oeuvre. Suivit le plat principal, de la volaille rôtie croustillante à souhait accompagnée de divers légumes. Ensuite, Ms Porkpie, la cuisinière apporta sa création, la tourte et elle la posa, rayonnante devant l'assiette de Miss Hillman. Lady Fedora acquiesça d'un signe de tête, avec un petit sourire en coin.

La cuisinière, toute fière, déclara:

« Je l'ai fait spécialement pour vous. Quand vous étiez enfant, vous en raffoliez et à chaque visite, vous en vouliez. Vous vous rappelez ? Combien de fois êtes-vous restée avec vos poupées dans ma cuisine ? » Miss Hillman regarda devant elle, visiblement troublée. Elle fixa la tourte, la cuisinière, puis la maîtresse de maison, avant de lancer d'une voix légère, presqu'immatérielle : « C'est bien possible. Mais je ne mange plus, depuis des années, de telles choses, malsaines, grasses et trop copieuses. »

Lady Fedora ferma les yeux pendant une milliseconde.

Elle savait combien Mrs Porkpie s'était réjouie de la visite de Priscilla ou Inga, peu importe son prénom. Cela prendrait pas mal de temps pour consoler Mrs Porkpie. Elle fit un signe de tête à une Mrs Porkpie, désemparée et Beanstock signifia à la cuisinière de prendre la tourte et se retirer.

Lorsqu'elle arriva dans la cuisine, blême et dépitée, son chef-d'œuvre intact dans les mains, le personnel se rendit compte que rien ne s'était déroulé comme prévu. La cuisinière se saisit de fourchettes, posa la tourte sur la table, et y enfonçant les fourchettes, lança : « Mangez et gare à celui qui s'aventurerait à souffler mot. » Pas un ne bougea, personne n'osait faire le moindre geste.

Gonzales, rentrant à ce moment précis, vit la magnifique tourte, ainsi décorée de fourchettes sur la table, se saisit alors d'un des couverts et fit disparaître un énorme morceau bien gras dans la bouche.

« Oh ! *Señora Porkpie*, Quel délice ! Dios mío ! Que

c'est bon ! Vous êtes une véritable artiste. »

La cuisinière rougit de plaisir et sourit. Immédiatement, chacun dans la cuisine se servit, même Mrs Argyle, et les compliments fusèrent de tout côté.

Pendant ce temps, dans la salle à manger, la soirée continuait, comme elle avait débuté, dans un silence gênant, entrecoupé de remarques embarrassées de Sir Percival. Son soupir de soulagement, lorsque le dernier met fut servi, un délicieux soufflé, n'échappa évidemment pas à son épouse, qui le gratifia d'un regard courroucé.

Dès la fin du repas, Miss Hillman s'excusa et, prétextant une grande fatigue et une migraine, se retira en toute hâte dans sa chambre. Là encore, Sir Percival, prenant une respiration profonde, accueillit la nouvelle avec une satisfaction visible.

Son épouse, par-contre, plongée dans un silence désemparé, n'avait pas la moindre envie de s'entretenir d'affaires avec son éditeur. Elle s'excusa auprès de celui-ci et reporta leur entretien au lendemain. Sur ce, elle se rendit dans la cuisine, remercia le personnel pour leur travail remarquable, félicita à maintes reprises Mrs Porkpie et elle se retira dans son atelier. Jusqu'au petit matin, on pouvait y voir de la lumière.

L'éditeur de Lady Fedora et le maître de céans étaient tous deux installés dans de confortables fauteuils en cuir dans la bibliothèque et dégustaient un excellent Bourgogne.

« D'où connaissez-vous donc Miss Hillman, Sir Percival ? »

« La famille Hillman habitait tout près d'ici dans une de ces somptueuses anciennes maisons de maître. Nous étions amis aussi loin que remonte ma mémoire. Patrick Hillman et moi jouions déjà ensemble dans le bac à sable. »

Sir Percival éclata d'un rire sonore à sa blague.

« J'étais témoin à son mariage, tout comme il fut le mien, lorsque j'épousai ma merveilleuse Fedora. Vinrent ensuite les enfants et nous sommes leurs marraine et parrain. C'est une longue histoire bien triste. »

« Pourquoi donc triste ? » interrogea Van Horten, et le majordome, qui entra à ce moment-là, surprit ce même regard froid et calculateur qu'il avait déjà remarqué.

« En fait, il se produisit un jour un terrible accident. Mes deux amis y trouvèrent la mort, laissant leurs deux filles orphelines. Une tante à Londres les recueillit et nous perdîmes alors tout contact avec nos filleules. C'est la première fois, aujourd'hui, que nous revoyons notre Priscilla, après tout ce temps ! »

« Qu'est-il advenu de sa soeur ? »

Ce monsieur est bien indiscret, pensa Beanstock, alors qu'il quittait la bibliothèque, la bouteille de Bourgogne vide dans les mains.

« Oh ! C'était encore plus déchirant », confia Sir Percival à son interlocuteur.

« Priscilla avait seize ans et Emely dix-huit. Emely ne s'est jamais remise de la mort de ses parents et a sombré dans une lourde dépression. Sa tante a fait placer la jeune fille dans une institution psychiatrique de Londres ; nous trouvions déjà à l'époque que c'était bien trop excessif.

Aujourd'hui encore, mon épouse se fait d'immenses reproches à ce sujet. Elle avait essayé de contacter cette tante, afin de lui proposer son aide. Mais elle ne reçut que des lettres pleines de fiel de cette tante, qui la somma de ne pas s'en mêler. Je pense que cette personne était une personne terriblement froide et sans cœur.

Lorsqu'Emely trouva la mort dans cette clinique, nous

70

fumes dévastés. Priscilla n'avait que dix-huit ans. Nous avons été instruits de toute cette affreuse histoire par l'ancienne gouvernante de nos deux filleules. Elle avait encore gardé le contact avec cette tante. Priscilla ne supportait plus de rester chez cette femme sans pitié et elle s'enfuit. J'ignore comment, mais elle parvint à devenir une véritable star à Hollywood. »

Sir Percival, songeur, leva son verre, ses pensées perdues dans le passé. Il secoua la tête, perplexe.

« Une histoire digne d'un roman, vous ne pensez pas, Mr Van Horten ? »

« Vous avez tout à fait raison, Sir Percival ! », répondit-il. L'éditeur en avait appris suffisamment, il se leva et souhaita à son hôte une bonne nuit.

Après que Mr Van Horten se soit retiré dans sa chambre, Sir Percival alla rendre visite à son épouse. Elle était assise à son imposante table de dessin, dans son tablier de peinture et s'essayait pour la énième fois à reproduire, sans y parvenir, une fleur d'aneth. Son mari savait par expérience qu'il était alors préférable de ne pas l'importuner. Il se retira dans leur chambre à coucher, se mit au lit et ne remarqua même pas, quand bien après minuit, milady se glissa dans sa chemise de nuit, puis resta longtemps allongée là, à fixer le plafond, le regard absent. Lorsqu'enfin elle put trouver le sommeil, elle fit des rêves décousus incohérents, en lien avec le passé.

Après avoir tout astiqué et rangé, le personnel dévoué du manoir de Parsley put enfin regagner ses quartiers, à l'étage. Seuls, le majordome et la gouvernante étaient encore au rez-de-chaussée. Ils avaient pris pour habitude, la veille de chaque festivité, de passer en revue ensemble le déroulement du lendemain. Ils s'assuraient ainsi de ne rien omettre.

Alors que le maître d'hôtel referma son petit calepin et, satisfait, fit mine de se lever, Mrs Argyle le retint par le bras et il reprit place. « Aurions-nous oublié un point important, Mrs Argyle ? », s'enquit-il, surpris.

La gouvernante semblait agitée.

« Vous n'êtes pas sans ignorer que j'ai reçu un courrier ce matin. »

Elle avala péniblement sa salive, se leva et prit deux verres du buffet. Elle alla ensuite dans son bureau et en revint, munie de la petite carafe, qu'elle y gardait à des fins médicinales. Elle remplit les verres, ils trinquèrent et savourèrent l'excellente liqueur de cerise bien fraîche. Beanstock se sentait mal à l'aise, malgré la délicieuse eau-de-vie.

« Vous vous souvenez de mon état lamentable en 1945, quand je pris mes fonctions ici, au manoir. Votre caractère intègre et votre bienveillance m'ont été d'un secours inestimable et j'ai pu alors me reprendre en main. Je ne vous ai jamais confié pourquoi j'ai dû quitter Londres si hâtivement et je ne souhaite pas me livrer ce soir. Cependant, cette lettre m'a ébranlée. Et je ne sais que faire. »

Le majordome la dévisagea avec bonhomie.

« Je veux bien vous aider, mais si j'en ignore les tenants et les aboutissants, cela me paraît très difficile, de vous conseiller. »

La gouvernante prit une profonde inspiration.

« Comment réagiriez-vous si vous saviez que quelqu'un se trouve ici et que cette personne est fausse ? Si par exemple, vous aviez eu vent que ladite personne n'est pas celle qu'elle prétend être ? Feriez-vous quelque chose ou doit-on plutôt laisser les choses telles quelles ? »

72

Beanstock réfléchit un court instant et un profond sillon se creusa entre ses sourcils.

« Voyons ! Cette personne représente-t-elle un danger pour nos employeurs ou le personnel ? Voilà ce qu'il convient d'éclaircir avant toute chose. » Il interrogea Mrs Argyle du regard.

Elle était gênée, ne voulant révéler ni ses sources, ni les informations dont elle disposait. « Je pense que le manoir et ses habitants ne sont nullement concernés », laissa-t-elle entendre.

« Soit ! Je ne peux vous donner que le conseil suivant: puisque vous ne me donnez pas plus de détails sur ce qui vous tourmente, je ne peux vous être d'une grande aide. Je vous suggèrerais donc de ne rien entreprendre, tout en gardant un œil sur cette personne. Si cette personne nous dissimule quelque chose, cela ne nous regarde pas. Nous devons nous concentrer sur Milady et Sir Percival. Et je ne peux que vous conseiller chaudement d'être prudente. Si vous vous rendiez compte que nos maîtres sont en danger, alors vous devriez agir instantanément. »

La gouvernante hocha de la tête et remercia Beanstock pour son conseil avisé. Ils finirent leurs verres, les déposèrent dans l'évier et regagnèrent leurs chambres.

Le majordome salua Mrs Argyle, et dans sa chambre, il tenta de deviner qui la gouvernante pouvait bien soupçonner et il décida qu'il ne pouvait s'agir que de l'éditeur de milady, Mr Van Horten. Quelque chose était bizarre chez cette personne ; et Beanstock décida de le surveiller de très près.

Au même moment, Mr Van Horten était à la fenêtre de sa charmante chambre bleue, son regard insensible face à la beauté de la tapisserie fleurie de délicats bouquets de pensées. Tout comme il n'enregistrait pas plus les draps fleurant bon la lavande ou le délicat bouquet de roses, près de la grande carafe d'eau.

Les lèvres pincées en un rictus mauvais, il avait le regard fixé dehors et réfléchissait à sa situation. Il ne pouvait pas dire avec certitude, si quelqu'un avait pu le reconnaître après si longtemps. La meilleure chose à faire serait le lendemain, dès la réception terminée, de prétexter un travail impérieux et rentrer à Londres. Comment diable aurait-il pu savoir que cette Miss Hillman serait ici au même moment que lui ? Quel mauvais tour lui jouait donc le destin, avec cette funeste coïncidence ? Il avait tout de suite remarqué la ressemblance avec sa soeur, même si elle avait beaucoup changé physiquement. Toutefois, sous le maquillage sophistiqué et ses cheveux maintenant colorés, elle était demeurée la jeune fille d'autrefois.

Van Horten referma le rideau en tirant d'un geste brusque le tissu délicat. Lorsqu'enfin, il prit conscience du son trahissant le déchirement de l'étoffe fragile, Il était déjà trop tard. Le rideau était parcouru d'une longue déchirure.

Il sortit de son porte-documents un petit étui noir en cuir qui protégeait quelques ampoules, contenant soit un liquide limpide, soit un fluide jaunâtre. Il remplit une seringue de la substance diaphane et s'injecta le tout dans son bras. L'effet fut immédiat, il se sentait mieux maintenant.

Il s'allongea tout habillé sur le lit et après quelques minutes, il sombrait dans un sommeil profond.

Dans la chambre d'invités verte en face, Inga, assise sur le bord de la fenêtre, avait le regard fixé dans l'obscurité. Les larmes, roulant sur son visage, laissaient de longues traces noires sur les joues. Son mascara se répandait sur sa robe de nuit scintillante blanc argenté. Elle prit une bouffée

74

profonde de sa cigarette. Elle ne voyait aucune lumière à l'horizon. De gros nuages cachaient la lune et elle ne pouvait pas distinguer, au loin, la maison de son enfance.

Et pourtant, elle était toujours là, derrière la forêt et les champs de mais. Abandonnée depuis tant d'années, elle était là, plongée dans une douce torpeur, telle la Belle au bois dormant.

Tout devait être encore là, ses jouets, les livres colorés, la coiffeuse de sa maman ; elle avait tant aimé s'y servir, à l'abri du regard de sa mère. Elle se rappelait ces jours heureux, lorsqu'elle avait le privilège d'accompagner son père à la chasse, ou lorsque sa grande soeur, Emely, jouait avec elle à Robin des bois. Elle avait adoré ce héros de la forêt de Sherwood. Et elles se chamaillaient immanquablement pour savoir qui aurait le rôle du bon, du héros et qui serait le méchant, le cruel shérif de Nottingham.

Cela appartenait au passé. Et il avait fallu qu'elle se retrouve en présence de cet homme et tous ces souvenirs douloureux avaient resurgi, semblables à un cauchemar. Il avait changé de nom ? Peut-être se trompait-elle et ce n'était pas une seule et même personne. Elle n'était plus cette petite et insignifiante Priscilla Hillman. Elle était maintenant l'illustre actrice de cinéma Inga Hillman.

Elle saisit un mouchoir et sécha ses larmes auxquelles se mêlait le mascara noir. Ils étaient là, ces petits signes traîtres, révélant la perte de sa jeunesse envolée. Ces sillons autour des yeux et de la bouche. Jusqu'à présent, le fond de teint et le fard à joues pouvaient encore aisément les cacher. Mais qu'en serait-il de ce nouveau film ? Les négociations pour obtenir le rôle avaient été particulièrement âpres. On la disait trop âgée pour incarner le rôle principal. C'était tout bonnement grotesque. Son audition et l'insistance de son impresario avaient réussi à convaincre le studio.

Elle sortit une nouvelle cigarette de son étui et inspira une bouffée profonde de fumée.

Tout était silencieux, et les nuages se dissipèrent. Et tout à coup, elle la vit, là, au loin, certes, mais elle pouvait tout de même aisément la reconnaître. Son coeur s'emballa et elle plissa les yeux pour mieux la distinguer. Des façades sombres, un jardin à l'abandon, des fenêtres barricadées et les portes clouées. Il aurait vraiment fallu la vendre à l'époque, quand l'agent immobilier s'y était intéressé.

« Bon sang, mais pourquoi donc suis-je revenue ici et m'inflige ainsi cette souffrance ? Je n'aurais jamais dû accepter cette invitation ! », se dit-elle dans un murmure à peine audible. Elle entendit un bruit de pas crissant sur le gravier. Elle se pencha et le regard pointé vers le bas, elle vit distinctement une ombre prendre la fuite. Elle referma précipitamment la fenêtre et recula dans la semi-obscurité de la chambre.

## LA RÉCEPTION

Dès l'aube, le manoir était déjà en pleine effervescence. Le jardinier et la maîtresse de céans aménageaient la terrasse avec de nouvelles fleurs et s'entretenaient à voix basse, hésitant à y placer des géraniums.

Bernice, aidée par Harrison, avait installé, dans le salon, une longue table pour le buffet et disposé des chaises autour des nombreuses tables sur la terrasse. Les meubles blancs en osier, les somptueux arrangements de roses trônant au centre de chaque table, ainsi que les grands parasols verts conféraient assurément à la terrasse un certain cachet.

Phillis dressa la table du salon pour le petit-déjeuner des invités, en pensant toutefois qu'à onze heures, donc une heure avant le début de la réception, personne ne prendrait son petit-déjeuner. Mais puisque Lady Fedora lui en avait intimé l'ordre, il en serait ainsi.

Beanstock et Mrs Argyle, consciencieux, supervisaient le tout et prêtaient main forte, lorsque cela était nécessaire. La journée promettait d'être superbe avec un grand soleil, en un mot idéale pour la réception décidée par milady. Elle n'était plus tout à fait sûre que ce soit une bonne idée, mais les invitations avaient déjà été envoyées. Et il était bien trop tard pour annuler. De plus, le Lord de Southcoffelton et son épouse étaient attendus. Les dés étaient jetés. Sur ces entrefaites, Filomène vint rappeler à Milady qu'il était temps qu'elle s'habille pour la réception.

« Qu'en est-il de Miss Hillman ? Vous deviez vous tenir à sa disposition », demanda Lady Fedora, légèrement irritée d'être dérangée dans son activité de prédilection, lorsqu'elle se consacrait à ses fleurs.

« Elle m'a libérée de cette tâche, en soulignant qu'elle préférait se charger elle-même de sa garde-robe et de sa coiffure, plutôt qu'en laisser le soin à une domestique de village empotée. »

Lady Fedora leva un sourcil irrité et ses joues s'empourprèrent d'indignation.

« Puisqu'il en est ainsi, montons à ma chambre et vous vous chargerez de ma tenue, ce que vous faites toujours à merveille, Filomène. »

Les deux femmes filèrent.

Sir Percival était déjà prêt, il avait revêtu pour l'occasion un élégant costume d'été beige.

« Beanstock … », lança-t-il de sa voix forte. Junior prit immédiatement la fuite vers le salon.

« Monsieur désire ? »

« Où sont donc nos deux invités ? La réception débute dans trente minutes et je souhaite que tout se déroule à la grande satisfaction de mon épouse. » Contrairement à son habitude, il murmura à l'adresse du maître d'hôtel : « Il me hâte de les voir partir après-demain. »

« Tout a été fait conformément aux souhaits de Milady. Je souhaite que sa seigneurie savoure cette magnifique journée, je m'occupe du reste. Si je puis me permettre, les deux invités n'ont pas encore quitté leurs chambres. »

Le majordome s'inclina légèrement et regagna la salle à manger, afin de superviser la mise en place du buffet.

Après avoir jeté un regard circulaire autour de lui et s'être assuré que personne n'était alentour, Sir Percival se glissa furtivement dans la bibliothèque, en referma soigneusement la porte. Il s'empara de la carafe à whisky et saisit un des verres étincelants de cristal.

« Percival Parsley ! », retentit la voix de sa femme, qui descendait les escaliers, tout en le cherchant, nerveuse, du regard. Il s'en fallut de peu pour qu'il renversât le délicieux contenu de son verre. Il en prit en toute hâte une généreuse gorgée et rejoignit son épouse dans le vestibule.

« Et aujourd'hui encore, tu es resplendissante de beauté, ma très chère », essaya t-il de la dérider.

Lady Fedora portait une belle robe d'été bleu clair, à mi-manche, à la jupe ample et le haut près du corps. Le tissu léger était agrémenté d'une multitude de fleurs bleues et de papillons. Son tailleur londonien, face à ses hésitations, lui avait assuré que c'était le dernier cri dans la capitale. Il avait tenté de la convaincre d'acheter un chapeau assorti, une création saugrenue de treillis métallique orné de perles, au-dessus duquel était posée une pièce de cuir en forme de feuille, avec des plumes dépassant sur les côtés. À la vue de cet objet farfelu, lady Fedora avait manifesté un certain amusement et refusé, en pouffant de rire. Le tailleur, très vexé, lui avait signifié son mécontentement d'un roulement d'yeux fâché.

On entendit un crissement du gravier devant la maison. Beanstock, d'un pas tranquille, alla vérifier à la porte.

Une limousine gris argenté, prenant un virage serré, arrivait à vive allure, puis s'immobilisa brusquement dans un grincement de freins. Des gravillons furent projetés de tous côtés. Une des portières s'ouvrit précipitamment et un monsieur fulminant, descendit du véhicule. Il était plus âgé que Sir Percival, portait un costume Prince de Galles marron, une moustache à l'impériale impressionnante et sur la tête un couvre-chef marron et visiblement fripé.

« Bon sang ! Mais, est-ce que tu sais seulement conduire ? Je te préviens que la prochaine fois, nous prendrons notre voiture tout-terrain, ou mieux encore, le chauffeur conduira la limousine ! Regarde l'état piteux de mon nouveau chapeau. »

Entre-temps, Gonzales, un sourire aux lèvres, avait ouvert la portière du conducteur et aidé galamment l'épouse du Lord de Southcoffelton à descendre de la limousine. Cela relevait, aujourd'hui, de ses fonctions. Et il arborait, pour l'occasion, sa belle casquette béret sur ses boucles sombres et sur sa veste, les boutons dorés. Beanstock enregistra cela avec satisfaction.

Lady Marjorie souriait malicieusement. « Mon très cher Mortimer, ton hideux chapeau marron n'a eu que ce qu'il mérite. Et on ne peut pas flâner à la vitesse d'un escargot et se laisser dépasser par des lièvres. Tu sais bien que c'est mon seul péché mignon. Alors sois gentil ! »

Lady Marjorie était une dame énergique avec un penchant pour les bolides. Son époux et elle possédaient dans le voisinage une petite propriété que lui avaient léguée ses ancêtres, avec un château à douves, dans lequel s'engouffraient des courants d'air. Ils élevaient des chevaux de race et une lignée de Dandie Dinmont Terriers. Pour cette raison, Lady Marjorie préférait porter des pantalons qui s'avéraient plus pratiques pour ses multiples activités. Aujourd'hui, son mari était parvenu à la convaincre de se mettre une robe, et elle avait eu beaucoup de mal à accepter. Aussitôt hors de la limousine, elle confia les clés à Gonzales, pour qu'il puisse la garer, puis elle tira sur sa robe, comme si celle-ci était trop courte.

Les maîtres de maison apparurent à la porte et accueillirent leurs amis avec de joyeuses effusions. Les deux couples se connaissaient depuis fort longtemps. Leurs familles déjà entretenaient des relations d'amitié et se rendaient volontiers visite mutuellement. On murmurait qu'à un siècle lointain, les comtes de Southcoffelton et les baronnets de Parsley s'étaient livré de longues années à une inimitié sanglante. Ces faits n'avaient été que rarement relatés et Sir Percival s'évertuait depuis des lustres à dénicher des écrits relatifs à cette vieille légende. Il était question d'un vivier de poissons, d'une armure déformée, d'une femme mystérieusement disparue, aimée d'un fils de chacune des deux familles. Personne ne savait vraiment de quoi il en retournait. Par chance, les temps de duels à l'épée étaient bien révolus, et maintenant, armés d'un couteau et d'une fourchette, on s'attaquait tout au plus à une dinde coriace.

Lady Fedora aimait beaucoup l'énergique Lady Marjorie et passa instantanément son bras sous le sien.

« Ma chère Marjorie, à quand remonte notre dernière rencontre ? C'est inacceptable ! Nous devons vraiment nous voir plus souvent. Tu m'as beaucoup manqué. Mais où sont donc tes filles ? Elles ne viennent pas ? »

« Oh  ! Je ne les vois guère ! Tu sais bien qu'elles étudient à Cambridge. »

Lady Fedora consola son amie d'une caresse sur le bras. « Nous n'allons pas nous plaindre, mais plutôt nous réjouir, les jeunes filles ont enfin obtenu le droit d'étudier, sans restriction aucune, ce qu'elles souhaitent. Cela n'a pas toujours été le cas, on le sait toutes les deux. Tu te souviens comme il a fallu que je fasse preuve d'infiniment de patience, pour que mon père finisse par accepter mon désir d'étudier. »

Lady Fedora guida son amie dans la maison, passant par le vestibule, la salle à manger, pour rejoindre la terrasse. Phillis attendait déjà, qui tenait un plateau de coupes de champagne frais et pétillant. Peu à peu, les invités apparurent. Les premiers venus, comment aurait-il pu en être autrement, étaient le pharmacien et sa famille.

Leur fille, Pamela, avait un peu abusé de maquillage, et elle portait une robe neuve violette si près du corps, qu'elle ferait le bonheur de ces messieurs. La jeune fille regardait, excitée, tout autour d'elle. Ils furent accueillis par les maîtres de céans et une flûte à champagne leur fut servie. Mrs Hoppleton se confondait en remerciements, ravie de cette invitation. Le pharmacien et son fils préférèrent battre en retraite et s'éloignèrent de ces dames.

Déjà chez eux, Brian avait eu ces mots qui avaient beaucoup déplu à sa soeur : « Avec cet accoutrement et ce maquillage tape-à-l'oeil, on dirait une vulgaire diva d'opéra. »

Peu après, Mrs Bloom arriva sur son vélo vert criard, exceptionnellement sans son chat, qui habituellement ne la quittait jamais. Un chapeau flambant neuf, orné d'arrangements floraux fantasques, reposait dans un équilibre assez précaire sur sa tête. Pour éviter qu'il ne s'envole, elle l'avait noué avec un ruban vert à son menton. Beanstock, quelque peu surpris, prit note de ce détail.

L'inspecteur Greenwood, très élégant dans son costume croisé bleu, arriva dans sa voiture de fonction, accompagné du révérend Wilson. L'inspecteur, un homme élancé aux cheveux noirs bouclés et à la fine moustache, était responsable du district nord du comté. Il avait été affecté un an auparavant dans le petit commissariat de police de Parsley Field situé non loin de la gare. Son unique collègue, l'agent de police Donegal, vivait depuis longtemps dans le comté et en connaissait parfaitement presque chaque habitant.

Peu après, Dr. Winterbottom fit son apparition, accompagné de sa soeur, extrêmement jolie et tout aussi nerveuse.

Mr Divari de l'hôtel Rosebud, arriva en dernier avec sa secrétaire, Miss Summerset.

Sa magnifique chevelure blonde tombait en cascade sur ses épaules et elle portait une robe sublime en mousseline aux nuances verdâtres et à grand col.

« Elle est époustouflante ! Un véritable régal pour les yeux », fit remarquer Lord Mortimer, tout en tortillant du bout des doigts son épaisse moustache. Mr Partridge en aurait certainement eu les oreilles cramoisies.

Mr Divari avait revêtu pour l'occasion l'une de ses tenues indiennes traditionnelles, composée d'une longue tunique au col se redressant et un pantalon serré, tous deux blancs. Pour unique bijou, il portait un somptueux galon doré entrelacs sur l'encolure de sa tunique.

Il ne manquait plus que l'invitée d'honneur et l'éditeur.

« Elle se confectionne à coup sûr une entrée théâtrale sur mesure », murmura Bernice à l'oreille de Phillis. Toutes deux réprimèrent un petit gloussement. Les jeunes filles évoluaient parmi les invités et leur proposaient des coupes de champagne de leurs plateaux.

L'invitée d'honneur fit alors son apparition, enveloppée dans un nuage de parfum à la vanille et revêtue d'un tailleur-pantalon blanc !

Lady Marjorie jeta un regard plein de reproche à son mari. « Quand je pense qu'il a fallu que je me mette une robe, parce que tu considérais que c'était plus approprié ainsi ! »

Une multitude de colliers de perles tintaient au cou

d'Inga et ses cheveux peignés avec sobriété en arrière étaient fixés avec du gel.

Lady Fedora dut s'asseoir. Sir Percival prit sa relève et se pressa de présenter Inga Hillman aux convives. Peu après, le second invité des baronets apparut lui aussi, descendant lentement les marches de l'escalier. Les cernes sombres sous ses yeux n'échappèrent pas au regard attentif de Beanstock. Mr Van Horten se plaça près de Miss Summerset et observa le propriétaire de l'hôtel. Mr Divari, galamment incliné devant les mains jointes d'Inga dit dans un souffle presqu'inaudible : « Je te salue Priscilla. Notre dernière rencontre remonte à fort longtemps. »

« S'il-te-plaît, Davinder, je m'appelle Inga maintenant. Je ne pensais pas te rencontrer ici, aujourd'hui. »

Ils firent quelques pas, s'éloignant dans le jardin et s'entretinrent à voix basse.

Miss Summerset serrait les poings. Le jeune Winterbottom et sa sœur échangèrent un regard perplexe.

Mrs Bloom saisit une nouvelle coupe de champagne et se répandit en un flot de paroles, sans même reprendre son souffle, en s'adressant à l'épouse du pharmacien, visiblement très indignée. Mr Van Horten, l'éditeur, tapotait nerveusement du bout des doigts sur son verre et la gouvernante, Mrs Argyle, le fixait avec dédain.

L'inspecteur Greenwood était plongé dans une discussion, avec Sir Percival et le comte, sur l'ouverture prochaine de la chasse ; et Lady Marjorie s'émerveillait de la remarquable croissance de Junior.

Les seules personnes qui semblaient prendre plaisir à la réception étaient le pharmacien et son fils Brian. Ils s'étaient esquissés et s'extasiaient, en compagnie de Gonzales, devant la Bugatti Atalante de l'éditeur.

Depuis le seuil du salon, Beanstock observait. La tension, singulièrement lourde, était palpable dans l'air. Elle était perceptible sur chaque visage crispé et derrière chacune des discussions tenues à mi-voix. De mémoire de majordome, il n'avait pas souvenir d'une telle réception. Il lui sembla presque que d'aucuns des convives s'observaient ou se sentaient très mal à l'aise. Aussi le majordome décida-t-il, afin de faire diversion, de proposer aux invités de bien vouloir se rendre au buffet plus tôt que prévu. Lady Fedora s'avança et annonça que le repas était servi. Elle encouragea ses invités à se servir copieusement.

Chacun se rendit dans la salle à manger, prit une assiette, pour y déposer les délicieux mets préparés par Mrs Porkpie. Son chef d'oeuvre trônait au milieu de la table, une génoise sur trois étages aux framboises et à la crème, décorée de délicates roses à la pâte d'amande.

La cuisinière avait concocté d'après une recette indienne une succulente soupe de Mulligatawny, un bouillon de poulet, riz et lentilles, épicé au curry et lié au lait de coco. On pouvait entre autres se régaler d'un aspic de poulet, de rôti de boeuf, de délicieuses et croustillantes cuisses de pintade, de pain de campagne fait maison et diverses marinades que Mrs Porkpie gardait habituellement dans son garde-manger. Beanstock et la gouvernante proposaient aux invités les boissons souhaitées.

La soutane du révérend Wilson affichait déjà les premières taches amusantes de la succulente soupe. À la fin du repas, on pourrait, comme d'habitude aisément deviner ce qu'il avait mangé et dans quel ordre.

Miss Hillman et Mr Divari se joignirent peu après aux convives. Beanstock remarqua immédiatement la pâleur sous le hâle coutumier de l'Indien et il vit également Miss

Hillman s'éloigner vivement de Mr Divari, pour engager une conversation avec le docteur Rachel Winterbottom. L'entretien prit rapidement fin et eut pour effet, de couper l'appétit du docteur Winterbottom. Elle remit son assiette encore intacte à Phillis, qui, interloquée, chercha le regard de Beanstock. Il lui signifia du regard de porter l'assiette à la cuisine.

Rachel Winterbottom alla murmurer quelque chose à l'oreille de son frère; elle était visiblement très contrariée. Timothy Winterbottom lui répondit brièvement, avant de croquer à pleines dents dans une cuisse de pintade bien juteuse.

Rachel, le visage dépité, et un verre de vin à la main, retourna à la terrasse, prit place sur un fauteuil en osier, le regard perdu dans le lointain.

Beanstock commençait à se faire vraiment du souci.

Miss Hillman grignotait distraitement une cuisse de poulet en aspic, pour finalement reposer, souriante, l'assiette à peine entamée sur le buffet. Elle sortit son étui à cigarettes de la poche de son pantalon et s'empara d'une cigarette. Elle posa l'étui près d'elle et de son autre poche retira un long porte-cigarettes doré. Alors qu'elle s'apprêtait à en porter l'extrémité entre ses lèvres, Mr Van Horten se précipita pour lui présenter son briquet allumé.

« Quelle indécence ! », fit remarquer à voix basse la femme du pharmacien à sa fille. « Et moi qui pensais que ces actrices célèbres et si élégantes incarnaient à merveille les bonnes manières. »

« On voit bien que tu ne lis que la presse locale, maman, sinon tu saurais que cette attitude est des plus normales dans ces milieux-là. Moi, je trouve cela magnifique, une vraie démonstration d'indépendance. »

« Qu'a donc une conduite inappropriée à voir avec l'indépendance ? », demanda sa mère, horrifiée. « Aurais-tu toujours le souhait de devenir actrice ? »

Sur quoi, Pamela posa son assiette et se dirigea d'un pas tranquille vers Miss Hillman et, les joues empourprées d'émotion, lui dit quelques mots. Miss Hillman toisa la jeune fille de la tête aux pieds, lui répondit avec un sourire et s'éloigna. Des larmes ne tardèrent pas à perler aux yeux de Pamela.

Son frère Brian, qui avait été témoin de la scène, lui murmura quelques mots. Il prit ensuite un mouchoir et lui essuya le visage ruisselant de larmes et lui tendit son verre de vin.

Beanstock ne manqua pas d'enregistrer cet incident qui ajouta à son malaise. Il chercha du regard le second invité, Mr Van Horten.

Le majordome espérait qu'au moins de ce côté, il n'y aurait pas de problèmes. L'éditeur se tenait toujours devant le buffet et se servait du vieux whisky de la bouteille posée là, au milieu de quelques verres. Beanstock aurait volontiers gardé un œil sur lui, mais Lady Fedora l'appela.

« Beanstock, avez-vous, vous aussi, l'impression que l'ambiance n'est pas vraiment au beau fixe ? Je comptais annoncer en fin de réception la parution de mon dernier livre cet automne. Hélas, je crois bien que Mr Van Horten en a un exemplaire dans son porte-documents, et il ne semble pas enchanté. Et où est donc Miss Summerset ? Mr Divari m'a déjà fait part de son souhait de nous quitter et s'étonnait de son absence. Et pourquoi notre si estimé Mr O'Donoghue n'est-il pas venu ? Je suis persuadée qu'il aurait de quelques anecdotes amusantes égayé cette fête et ainsi sauvé cette journée. Et essayez donc de nettoyer quelque peu la soutane de notre révérend. J'ai l'impression de devenir folle. Je vous en prie, mon bon Beanstock, vous devez absolument faire quelque chose ! »

Le majordome avait la nette sensation que Milady commençait à perdre patience avec ses invités.

« Lady Fedora, le tenancier du pub si apprécié de tous ne s'est pas excusé de son absence ; peut-être a-t-il préféré s'abstenir de venir justement à cause de votre filleule bien-aimée. » Lady Fedora jeta un regard chagriné à son major-dome.

« Ne me dites pas qu'il est encore vexé à cause de cette histoire ancienne ! Mon Dieu, pardonnez-moi, Beanstock, mais vraiment, ces hommes et leur sacré amour-propre... »

À ce moment précis, Beanstock remarqua que Miss Hillman entrait dans la salle à manger et jetait un regard scrutateur tout autour d'elle. Il s'apprêtait à lui  proposer son aide, lorsqu'elle se dirigea d'un pas rapide vers le buffet et s'empara de son étui à cigarettes, qu'elle avait apparemment oublié là. Mr Van Horten prit son whisky et sortit sur la terrasse. Beanstock observa le visage étonné de Bernice et le regard étrange qu'elle lançait à l'éditeur.

Il alla vers elle et lui demanda : « Y aurait-il un pro-blème, Bernice ? »

La jeune fille sursauta.

« Non ! Non ! Mr Beanstock, tout va bien. » Elle s'interrompit un court instant. « J'étais tout simplement étonnée que Mr Van Horten se serve lui-même. »

« Il est l'invité de la maison et il ne nous appartient pas d'émettre de jugements sur les faits et gestes des invités, quand bien même, ils nous paraissent bien étranges. Retournez à votre travail. »

Bernice fit une révérence et se rendit d'un pas empressé

au buffet, pour y ranger verres et carafes.

Miss Summerset, venant du jardin, pénétra alors dans la salle à manger. Beanstock nota les joues enflammées de la jeune femme qui s'adressa aussitôt à son employeur.

« Vous désirez certainement partir, Mr Divari. Veuillez m'excuser de vous avoir fait attendre. » Ils firent tous deux leurs adieux à leurs hôtes et évoquèrent des obligations relatives à l'hôtel.

Ce fut le signal de départ tant attendu : tout à coup, la plupart des invités, se découvrant des impératifs, devaient partir sans tarder. Seuls Lord et Lady Southcoffelton étaient restés assis, confortablement installés dans leurs fauteuils sur la terrasse et dégustant un bon verre de vin de dessert et se régalant chacun d'une généreuse tranche du sublime gâteau de Mrs Porkpie.

Pendant ce temps, un embouteillage confus s'était formé devant l'entrée principale de la maison, lorsque les invités montèrent dans leurs voitures et voulurent tous partir en même temps. Au front de Gonzales perlaient déjà des gouttelettes de sueur.

L'inspecteur Greenwood descendit de sa voiture de service et fit office d'agent de la circulation et en peu de temps, l'écheveau fut démêlé et tous prirent la poudre d'escampette. Seule Mrs Bloom, sur son vélo, prit tout son temps.

Alors, Lady Fedora put enfin se laisser choir sur un fauteuil près de Lady Marjorie, reprendre son souffle et commander un whisky auprès de Beanstock.

« Est-ce que tout va bien, ma très chère ? » s'enquit Lady Marjorie.

« Une réception magnifique, Percival ! Je suis on ne peut plus satisfait! Et certains invités sont particulièrement intéressants », fit remarquer Lord Mortimer, tout en fouillant dans sa barbe, à la recherche de miettes du gâteau.

« Oui, j'en sais quelque chose, très cher », fit remarquer son épouse, « tu ne pouvais détacher le regard de ces dames. Mange ton gâteau. »

Lady Fedora chercha du regard ses invités et plus précisément Inga, en l'honneur de qui cette petite fête avait été organisée. Elle vit alors sa filleule qui flânait dans le jardin, tout en fumant. Où était donc son éditeur ? Elle n'en avait aucune idée et referma les yeux, nerveuse. Lady Marjorie l'observa avec inquiétude.

Mrs Argyle avait entretemps réparti les tâches de rangement dans la salle à manger.

Finalement, les deux derniers invités prirent congé. Gonzales fit avancer la voiture jusqu'au perron, retira son couvre-chef et, avec une légère inclination, ouvrit la porte du conducteur pour Lady Marjorie.

« Merci, Gonzales. Ahhhh ! Fedora, » elle se retourna vers son amie, « Tu es bien chanceuse. Le sais-tu ? Je crois bien que ton personnel est de loin le plus compétent que je connaisse. Te souviens-tu de notre dernière soirée chez nous ? Notre cuisinière n'est toujours pas fichue de faire un gâteau digne de ce nom. Et le majordome de Mortimer ? N'en parlons même pas ! Il est si âgé maintenant que nous avons parfois l'impression qu'il va s'endormir, en plein milieu de sa phrase…Figure-toi que nous l'avons même trouvé dernièrement, dans le salon rouge, assoupi dans un fauteuil, alors que nous attendions depuis une bonne heure notre thé. Alors vraiment, ma chère, tu as toutes les raisons de te réjouir. »

Lady Fedora retrouva son sourire légendaire. Sa meilleure amie réussissait toujours à la dérider.

« La prochaine fois, vous viendrez chez nous. Et n'oubliez surtout pas les gâteaux ! Mon très cher Percival, je ne peux que te féliciter pour cet exceptionnel whisky ! », parvint à lancer Mortimer, avant que son épouse, dans un hurlement de moteur, ne propulse la voiture hors de la cour, en prenant un virage endiablé.

Lorsque les deux hôtes regagnèrent la maison, les meubles avaient déjà retrouvé leur place habituelle et Mrs Porkpie s'affairait dans la cuisine étincelante de propreté, occupée à préparer le repas du soir.

Mr Van Horten descendait les escaliers, une copie du dernier manuscrit de Lady Fedora dans la main. Inga Hillman, se tenait dans le vestibule et prétextant une migraine, pria sa marraine de bien vouloir l'excuser, et elle se retira dans sa chambre.

Lady Fedora fit servir le thé au salon, dans lequel elle se retira, afin de s'entretenir avec son éditeur, pendant que son époux pouvait enfin faire sa promenade. Il aspirait à ce calme plus encore que Junior, qui ne se tenait plus de joie et sautillait tout autour de lui, semblable à une balle rebondissante.


« C'est inacceptable et je ne changerai pas d'avis. Le livre, tel qu'il est, est parfait. »

Lady Fedora croisa les bras et regardait, les yeux écarquillés, par la fenêtre de leur chambre. Après cette journée, ils n'étaient pas mécontents de se retrouver enfin dans leur lit. Sir Percival tentait depuis quelques heures déjà de calmer son épouse.

L'entretien avec son éditeur avait énormément contrarié lady Fedora.

« Mais qu'est-ce qui lui déplaît ? Je ne le comprends

toujours pas, ma très chère. », l'interrogea-t-il, alors qu'il tournait les pages d'un de ses vieux livres.

Son épouse renifla. « Il n'apprécie pas le thème du livre, en fait. Il est d'avis que pas une personne en Angleterre n'a vraiment besoin d'un livre consacré exclusivement aux herbes et épices. Comme si ce savoir n'était, et de loin, la connaissance la plus fondamentale au monde. Déjà nos ancêtres savaient que l'ajout de fines herbes confère à la nourriture plus de saveur, mais, et surtout, la rend digeste. Quand je pense que certains ont payé de leur vie, en goûtant différentes plantes, on devrait tout de même saluer leurs esprits curieux. Ou doit-on peut-être l'usage de telle ou telle plante pour obtenir un goût bien spécifique au plus pur des hasards ? Sans estragon, persil, cardamome, thym, basilic, cumin ou gingembre, le monde serait vraiment trop triste, incroyablement monotone et sans saveur. »

Sir Percival leva les yeux de son livre.

« Absolument ! Et il ne faut surtout pas oublier l'huile de ricin ! », murmura-t-il, tout en massant son ventre.

« Chérie, le lui as-tu formulé comme que tu viens de le faire, là, avec moi ? », demanda-t-il.

« J'étais bien trop hors de moi. J'ai repoussé notre entretien à demain et je me suis retirée, après l'avoir prié de m'excuser. »

« Tu viens de me citer les meilleurs arguments qui justifient la parution de cet ouvrage. Je pense même que c'est exactement ce qui devrait figurer dans l'avant-propos de ton livre. »

Lady Fedora, émerveillée, contempla son mari. «Tu as absolument raison. Pourquoi cela ne me vient-il que trop tard à l'esprit ? Tu es génial, mon chéri ! »

« Il n'est jamais trop tard ! », ajouta-t-il, songeur et il se

92

replongea dans la lecture passionnante sur les légendes de l'époque normande.

Son épouse bondit hors du lit, revêtit sa longue robe de chambre soyeuse et enfila ses pantoufles.

« Où vas-tu donc ? », la questionna-t-il. « À la cuisine, peut-être ? »

Une expression pleine d'espoir se peignit sur le visage de Sir Percival. Il sentait déjà sur sa langue le goût de la tasse au chocolat imminente.

« Que crois-tu donc ? Comme tu viens de le rappeler, il n'est jamais trop tard. Je vais à mon atelier et mettre sur papier mes réflexions, avant que je ne les oublie. Je ne peux pas attendre jusqu'à demain. Et, mon chéri, tu as eu suffisamment de friandises pour aujourd'hui. »

Sur ce, elle quitta la pièce en trombe. Alors qu'elle refermait la porte avec précaution, elle entendit un bruit, semblant émaner d'une des chambres d'hôtes. Il s'agissait de sanglots étouffés. Elle frappa à la porte de la chambre d'Inga.

« Inga, mon enfant, tout va bien ? »

Celle-ci entrebâilla légèrement la porte. Elle se tenait là, enveloppée dans sa longue chemise de nuit de soie, effaçant, à l'aide d'un mouchoir, les traces de pleurs sur son visage, les yeux rougis par les larmes. La cigarette, qu'elle tenait à la main, tremblait. Lady Fedora poussa la porte et pénétra hâtivement dans la chambre.

« Que s'est-il donc passé ? », s'enquit-elle, inquiète.

« Tu es souffrante ? »

« Je t'en prie, appelle-moi Priscilla, tante Fedora. »

À nouveau, de grosses larmes se détachèrent de ses paupières et se mirent à rouler sur ses joues.

Lady Fedora s'empressa de la prendre dans ses bras et la

serra très fort contre elle.

« Dis-moi ce qui te chagrine. »

« Je n'aurais jamais dû revenir ici. Tous les souvenirs douloureux resurgissent. Et j'ai heurté tous les êtres qui autrefois comptaient beaucoup pour moi. Lorsque je regarde par la fenêtre, je peux voir alors notre maison, et toutes ces tragédies défilent à nouveau devant mes yeux.

Lady Fedora l'installa sur un fauteuil et remplit un verre d'eau de la carafe disposée sur la table.

«Il est vrai que tu as vécu de terribles tragédies, et cependant tu es parvenue à te construire ta propre vie. Tu dois laisser ton passé derrière toi. Tu n'es en rien responsable du sort qu'ont connu ta soeur et tes parents. Tout va rentrer dans l'ordre, mon enfant. Et tu sais bien que nous sommes toujours là pour toi. À présent, essaie de te calmer; je vais demander que te soit apporté un petit cachet pour dormir. Tu peux dormir tout d'un somme et demain, tu verras les choses sous un nouveau jour. Que dirais-tu d'une visite à votre maison demain ? Tu pourras enfin faire tes adieux et je te conseille de tout mettre en vente. Nous pouvons t'apporter notre soutien. Qu'en penses-tu ? »

Inga acquiesça d'un signe de tête et un sourire timide se dessina sur son visage.

« Je crains de m'être comportée de manière quelque peu singulière. Mais tu ne peux pas imaginer comment est la vie à Hollywood. Pour y réussir, on doit se forger une carapace. Et lorsqu'on prend de l'âge… », sa voix se brisa dans un sanglot et ses yeux se remplirent de larmes.

Lady Fedora passa une main apaisante sur les cheveux de sa filleule.

« Tu es tout simplement une remarquable comédienne. »

Elle se dirigea alors vers la porte, près de laquelle se

trouvait un bouton de sonnette directement relié avec la chambre du majordome et les quartiers des domestiques.

Après un court instant, on entendit frapper doucement à la porte. Lady Fedora ouvrit et se trouva face au majordome, dans une tenue irréprochable. Elle était admirative, se demandant comment Beanstock parvenait, même en plein milieu de la nuit, à être aussi impeccable. Il s'empressa d'aller chercher dans la trousse à pharmacie le médicament demandé.

Inga prit place devant le miroir de sa coiffeuse, se poudra le visage, pour y effacer les traces de pleurs. Elle scruta avec tristesse les premiers sillons profonds, saisit le flacon aux lignes courbes, au bouchon bleu éventail à la transparence saphir. Sur l'étiquette était inscrit en lettres dorées *Shalimar*. Elle vaporisa quelques gouttes très fines aux accents de vanille sur son décolleté.

Elle sortit ensuite une cigarette de son étui doré, contempla longuement l'écriture en filigrane sur le couvercle. Elle alluma sa cigarette, prit une longue bouffée et la fumée s'échappa de sa bouche, tel un épais brouillard un matin d'automne.

Lorsque le maître d'hôtel revint, Lady Fedora mit Priscilla au lit, lui donna le petit cachet et la couvrit avec soin.

« Et maintenant tu vas pouvoir dormir. À demain. »

Priscilla toussota légèrement, referma ses paupières et Lady Fedora put quitter la chambre.

Le majordome attendait de nouvelles instructions devant la porte.

« Vous pouvez vous retirer, Beanstock. Veuillez m'excuser de vous avoir dérangé si tard dans la nuit. Je ne voulais pas laisser cette enfant seule. »

« Bonne nuit, Milady. »

Lady Fedora se dirigea vers son atelier, afin de mettre ses pensées sur papier.

Le majordome resta immobile sur le palier, le regard rivé derrière lui. Il avait perçu un bruit et voulait être tout à fait sûr que personne ne nécessitait ses services. Mais tout était silencieux. Il descendit dans le vestibule et vérifia si toutes les portes étaient bien fermées et put ensuite regagner sa chambre.

Dans l'autre chambre d'hôtes, Mr Van Horten s'écarta sans bruit de la porte. Il en avait suffisamment entendu. Il s'approcha de la fenêtre et l'ouvrit. L'air frais lui fit beaucoup de bien et il le savourait, en respirant à pleins poumons.

## L'INSPECTEUR GREENWOOD MÈNE L'ENQUÊTE

Pour Beanstock, cette matinée débuta comme tous les autres matins, avec sa musique et une bonne tasse de thé.

La journée précédente avait soulevé beaucoup de questions, qui devaient absolument être discutées dans la cuisine de la maison. Le personnel, profitant que le majordome ne soit pas encore là, pouvait en toute tranquillité se régaler de menus potins. Mrs Argyle faisait sciemment la sourde oreille. Elle concédait au personnel ce petit plaisir, d'autant plus que celui-ci avait, la veille, accompli un travail remarquable. Lorsque le maître d'hôtel apparut, chacun alla vaquer, satisfait, à ses occupations. En somme, cette journée était une journée comme une autre.

Les maîtres de céans avaient pris leur déjeuner ce matin avec Mr Van Horten, l'éditeur de milady, celui-ci expliqua qu'il souhaitait retourner à Londres sans tarder. Il monta à sa chambre, pour y préparer ses bagages.

Sir Percival se trouvait dans sa bibliothèque. L'autre invitée ne donnerait pas de signe de vie avant midi.

Lady Fedora alla dans son jardin, jeter un coup d'oeil à ses fleurs d'aneth. Elle comptait s'entretenir à nouveau avec son éditeur, dans l'espoir d'effacer les dissensions de la veille. Elle traversa le salon et se rendit sur la terrasse et là, elle leva brièvement les yeux vers les fenêtres de la chambre de sa filleule. Elle espérait que celle-ci se sente mieux aujourd'hui. Lady Fedora remarqua que la fenêtre était grande ouverte. Cette nuit, le vent s'était certainement engouffré dans un rideau et l'avait ainsi repoussé du côté extérieur de la fenêtre.

Elle revint sur ses pas, pénétra dans la maison et appela Bernice. La jeune fille fut instantanément là et fit une courte révérence.

« Bernice, veuillez vous rendre dans la chambre de Miss Hillman. Je vous autorise à entrer sans bruit dans la chambre et de fermer la fenêtre. Le rideau est resté coincé à l'extérieur et il pourrait s'abîmer. Je suis sûre que Miss Hillman se montrera compréhensive. Il est déjà dix heures. »

Bernice s'inclina légèrement et monta promptement à l'étage. Parvenue dans l'aile réservée aux invités, elle aperçut Mr Van Horten, près de la porte de sa chambre. Elle le salua d'un signe de la tête. Il disparut ensuite dans sa chambre. Elle se rendit sur sa gauche et frappa discrètement à la porte de la chambre verte. Aucune réponse. Elle jeta un regard autour d'elle, afin de s'assurer que personne n'était dans le couloir, et posa son oreille sur la porte, attentive au moindre bruit signalant que Miss Hillman était déjà réveillée. Elle perçut un gémissement. Bernice prit peur et sentit sa peau tressaillir. Elle ouvrit prudemment la porte.

Inga Hillman gisait immobile, sur le sol, près de la porte, comme si elle avait essayé d'en atteindre la poignée. Elle tenait encore dans la main le petit étui à cigarettes doré. Bernice se mit à appuyer avec frénésie sur la sonnette. Le majordome apparut rapidement, accompagné par Mrs Argyle. Beanstock prit immédiatement conscience de l'urgence. Il plaça ses doigts sur le cou de l'actrice, pour contrôler son pouls. Il était certes, à peine perceptible, mais bien là. La respiration de Miss Hillman était saccadée et irrégulière. Ses bras étaient raides.

« Bernice, veuillez m'aider à porter Miss Hillman dans son lit. Mrs Argyle, allez sur l'heure informer milady et appelez Dr. Winterbottom. »

Lady Fedora et Sir Percival arrivèrent et tentèrent vainement de réveiller la jeune femme. Milady prit la main de sa filleule dans les siennes et saisie d'effroi, commença à trembler de tout son corps.

« Elle respire à peine. Que pouvons-nous faire ? »

Par chance, ils avaient un téléphone et le trajet jusqu'à Parsley n'était pas bien long. Dix minutes n'étaient pas encore écoulées quand le Dr. Winterbottom, sa trousse de médecin à la main, grimpait deux à deux les marches de l'escalier. Beanstock pria Bernice et Mrs Argyle de sortir de la chambre.

Le docteur s'empara de son stéthoscope et écouta la respiration saccadée et difficile de sa patiente.

Il souleva ses paupières et Beanstock remarqua que les pupilles étaient dilatées et sombres. Le médecin ouvrit la bouche d'Inga et constata que sa langue était anormalement boursouflée et couverte de papules rouges.

Dr. Winterbottom se tourna vers Lady Fedora et son mari. « Savez-vous si Miss Hillman a consommé de la drogue ? Ou prend-elle un quelconque médicament dont vous n'auriez pas connaissance ? »

Lady Fedora fit un signe négatif de la tête.

« Je lui ai donné hier soir un léger somnifère, car elle me paraissait très agitée. »

Le docteur prépara une seringue, mais avant même qu'il ne puisse faire l'injection, le pauvre corps de Priscilla se raidit et se fut saisi d'un violent soubresaut. Elle essayait dans un ultime effort de happer l'air, les yeux écarquillés ;

puis son corps retomba sur le lit. Un étrange silence se fit, écrasant. La respiration haletante avait cessé et Inga reposait maintenant sur le lit, comme apaisée, sans vie. Dr. Winterbottom essaya de la ranimer.

Après d'interminables minutes, il se redressa lentement, s'éloignant de sa patiente.

« Je suis désolé, Milady. Il est trop tard. Je ne peux plus rien faire. Elle est morte. »

La main de Fedora se crispa sur le bras de son mari. Son visage devint livide. Personne ne dit mot.

Beanstock la prit par le bras et la guida, elle et son mari hors de la chambre.

En bas, dans le vestibule, l'éditeur de milady était prêt pour son départ et il attendait à côté de son bagage.

« Quelque chose ne va pas, Sir Percival ? », s'enquit-il, le visage soucieux. On le mit au courant de la tragédie.

Lorsque Dr. Winterbottom, d'un pas lourd, descendit les escaliers, les voix se turent.

« Je dois néanmoins vous faire mes adieux », déclara l'éditeur et esquissa un geste, pour s'emparer de sa valise.

« Beanstock, prenez le bagage de Mr Van Horten et déposez-le dans sa voiture », rétorqua Sir Percival d'une voix basse, inhabituelle de sa part.

« Si vous le permettez, Sir Percival », l'interrompit le médecin, « vous devez informer l'inspecteur Greenwood. La cause du décès n'est pas établie. Je ne peux pas encore rédiger le certificat de décès. »

« Puis-je vous faire remarquer, Sir Percival, que vu les circonstances, il serait sans doute préférable que Mr Van Horten reste. Je suis certain que la police voudra prendre sa déposition », fit observer le majordome au baronet, notant, d'un regard en biais, la réaction que suscitèrent ses derniers

100

mots chez l'éditeur. Mr Van Horten semblait nerveux.

Sir Percival était visiblement dépassé par cette situation. Beanstock fit quelques pas, prit le téléphone et informa l'inspecteur Greenwood. Il enjoignit Miss Arbuckle de prendre soin de Lady Fedora, qui était maintenant dans le salon.

Le véhicule de police fut rapidement sur les lieux et, par bonheur, comme le remarqua Beanstock, sans le son strident de la sirène.

L'inspecteur se pencha sur le corps inerte et prononça quelques mots à voix basse et son constable, conformément aux consignes, vêtu de son uniforme et à la moustache soigneusement taillée, s'empressa de consigner scrupuleusement dans son petit calepin les observations de son supérieur. Il humidifiait de temps en temps de sa langue la pointe de son crayon à papier. Il évitait soigneusement de laisser son regard s'aventurer sur le corps de la jeune femme gisant sur le lit.

Le constable Donegal n'avait pas l'air dans son assiette; la rougeur sur ses joues trahissait son émotion. Il s'agissait de son premier cadavre.

Le majordome, debout à ses côtés, enregistrait chaque détail. De l'autre côté du lit, Dr. Winterbottom, penché sur le corps de la défunte, s'efforçait d'expliquer à l'inspecteur les symptômes, qui selon lui, excluaient une mort naturelle.

« Quand je suis arrivé, la patiente n'était pas consciente. Sa respiration était saccadée et superficielle. Les pupilles étaient anormalement dilatées, ce qui peut laisser penser à la présence d'une drogue, d'un médicament ou d'un empoisonnement. Son pouls était à peine perceptible et elle semblait fiévreuse. Ses mains étaient crispées, comme on peut encore le constater. Sa langue était très enflée. » Muni d'une pincette, il désignait la bouche de la défunte.

Inspecteur Greenwood s'éclaircit la gorge. « Le corps de Miss Hillman a-t-il été déplacé ? », voulut-il savoir, s'adressant au majordome.

« Bernice l'a découverte sur le sol, près de la porte. Nous avons pensé qu'il était souhaitable que nous l'installions sur le lit. Puis j'ai immédiatement fait appeler le Dr. Winterbottom. »

« Quelles sont donc vos conclusions, docteur ? », interrogea l'inspecteur.

« Je suggère que soit faite une autopsie. Je ne peux pas déterminer avec certitude la cause du décès; étant donné que nous avons affaire, selon moi, à une jeune femme en bonne santé, le certificat de décès ne serait qu'à titre temporaire. »

L'inspecteur acquiesça d'un signe de tête.

Dr. Winterbottom saisit sa trousse et descendit dans le vestibule.

« Avez-vous touché quoi que ce soit dans la pièce, Mr Beanstock ? questionna l'inspecteur. »

Le maître d'hôtel sembla trouver cette remarque comme une atteinte à son honneur de criminologue passionné et il répondit scandalisé:

« Certes non ! Rien n'a été modifié ici ! »

« Oui, oui! Bien sûr que non! Pourriez-vous me dire si un objet manque dans cette pièce ? »

« Je ne saurais répondre. Par-contre, nous devrions absolument aborder ce sujet avec Miss Arbuckle, elle avait la charge de s'occuper de notre invitée. »

L'inspecteur, esquissant un sourire, regarda le maître d'hôtel.

« Je m'adresserai à Miss Arbuckle. Ah ! Mr Beanstock,

pourriez-vous informer toutes les personnes dans la maison. Je souhaite m'entretenir avec tous ceux qui étaient sur place. Tant que la situation n'est pas éclaircie, il est entendu que personne n'a le droit de quitter les lieux. »

Il jeta un regard impatient à son sergent qui continuait à écrire avec assiduité mot pour mot ses observations.

« Donegal, il n'est vraiment pas nécessaire que vous écriviez ce que je viens de dire. »

L'officier de police continua à écrire. Il prit alors conscience de sa bévue et regarda l'inspecteur avec un sourire embarrassé. Une perle de sueur tomba sur son uniforme fraîchement repassé.

« Dans environ une heure, nos experts seront là, pour le relevé des empreintes, l'identification des indices et la collecte des preuves. Le corps sera également récupéré. Tant que l'enquête n'est pas close, personne n'a le droit de nettoyer cette chambre. »

Mr Beanstock avait la désagréable sensation d'être traité avec condescendance. Il réussit néanmoins à prendre sur soi et répondit avec raideur : « Très bien, inspecteur. »

Les habitants de la maison s'étaient maintenant rassemblés dans l'antichambre, au rez-de-chaussée. Le silence lourd et contraint n'était brisé que par quelques mots chuchotés. Lorsque l'inspecteur descendit, il trouva Lady Fedora et son mari dans le salon. Il mit Sir Percival au courant de la situation et demanda s'il pouvait disposer d'une pièce calme où il pourrait effectuer son interrogatoire.

Mr Van Horten était debout près de la fenêtre, une tasse de thé à la main.

« Peut-être pourriez-vous commencer avec moi, inspecteur. Je dois régler des affaires de la plus haute importance à Londres, » lança-t-il d'un ton ne souffrant aucune objection.

« Je suis désolé, Mr Van Horten, vous devez, vous aussi, rester ici, jusqu'à ce que les circonstances de la mort de Miss Hillman soient éclaircies », fut la réponse de l'inspecteur.

Sir Percival se leva lentement de son fauteuil, et après avoir caressé avec tendresse tout doucement la main de son épouse, suivit le policier dans l'antichambre.

Il essaya d'apaiser le personnel.

« Tachez de parler calmement et de répondre à toutes les questions qui vous seront posées par l'inspecteur avec la plus grande précision. » Puis il retourna rejoindre Lady Fedora.

L'interrogatoire devait se dérouler dans la bibliothèque et le constable Donegal, affichant un air important sur le visage, suivit son chef.

Beanstock, conscient de ne pouvoir assister aux interrogatoires, trouva un moyen habile et détourné, pour entrer à tout moment dans la bibliothèque, sans y être sollicité. Il fallait, soit, prendre des livres pour le baronet, soit servir le thé à l'inspecteur, naturellement sans y être prié. Les fenêtres devaient absolument être ouvertes, puis bien sûr refermées… Sir Percival voulait de quoi écrire et après quelques minutes, il avait besoin de papier. Après que le maître d'hôtel eut ainsi interrompu, pour la énième fois, l'interrogatoire du policier, ce dernier, à bout, agita sa main droite et s'avoua vaincu : « Bon sang, Beanstock. Restez ici une fois pour toutes et écoutez donc. Il me semble que je n'ai pas vraiment d'autre choix, n'est-ce-pas ? »

« Très bien, Sir. Comme vous voulez, Sir. » Et ravi, il se posta près du sergent qui écrivait avec zèle.

Le valet et le jardinier avaient été questionnés en premier. Il s'avéra donc que tous deux avaient travaillé à l'extérieur ou étaient dans leurs chambres. Beanstock put attester que la veille, immédiatement après avoir aidé au rangement, Harrison s'était retiré dans sa chambre.

Vint le tour de la gouvernante.

Elle était bouleversée et devait constamment essuyer les larmes qui lui montaient irrésistiblement aux yeux. Elle rapporta n'avoir rien remarqué d'anormal. Tout en disant cela, elle regarda Mr Beanstock, le regard vacillant. Son travail terminé, elle s'était mise au lit, aux environs de vingt-deux heures.

L'inspecteur questionna ensuite la cuisinière avec la même attention, voulant savoir exactement comment elle avait préparé le repas. Le visage pourpre de colère, Mrs Porkpie croisa les bras.

« Voulez-vous insinuer peut-être que le repas n'était pas bon ? Tout au long de mes années de service pour le baronnet et son épouse, jamais personne ne s'est plaint et jamais personne n'est mort après avoir goûté à ma cuisine. »

La majordome s'éclaircit la gorge.

« Je crois que l'inspecteur voulait juste savoir si quelqu'un aurait pu, à votre insu, trafiquer votre repas, vous comprenez Mrs Porkpie ? Personne ne vous accuse. Vous voudrez certainement des échantillons du repas, n'est-ce-pas, inspecteur ? », interrogea-t-il l'inspecteur intéressé.

« Oui, naturellement. Cela serait tout indiqué », approuva ce dernier avec empressement.

« Je m'en chargerai », lança Mrs Porkpie, en grinçant des dents, encore très contrariée. Elle se leva, prit une grande bouffée d'air, regarda le sergent, les yeux brillant de courroux et quitta la pièce précipitamment. Le constable Donegal, décontenancé, ne savait plus où il en était et il dut relire ses notes. Qu'avait-il donc écrit en dernier ? Voilà, il avait trouvé ce qu'il venait de noter : « Il faut goûter au repas ! », et secouant la tête, il barra la phrase d'un trait.

Ce fut ensuite le tour de Filomène Arbuckle, à être interrogée. Elle expliqua que Miss Hillman, l'avait congédiée, décidant de se passer de ses services. Et elle ne s'était donc pas occupée d'elle ; et c'est pourquoi, elle ne pouvait dire si quelque objet manquait dans la chambre de la défunte.

Le chauffeur fit un rapport détaillé sur les voitures arrivées, leurs plaques d'immatriculations et les marques automobiles les plus fiables. On lui fit remarquer qu'il devait juste faire part à l'inspecteur, qu'il n'avait aucune information utile à l'enquête. L'inspecteur Greenwood, irrité, se tenait la tête entre les mains et fixait l'agent de police assidu, qui notait les différentes marques de voitures.

Phillis ne livra rien de nouveau, puisqu'elle la plus part du temps ou bien avec Mrs Porkpie, dans la cuisine ou bien dans sa chambre. Lors de la réception la veille, elle n'avait rien remarqué de particulier. Par-contre, elle faisait les yeux doux au constable, ce qui lui valut  un nouveau blâme de Beanstock. Après que Phillis se fut retirée, après une courte révérence, Mr Van Horten surgit à la porte de la bibliothèque, exigeant d'être enfin interrogé ; il avait des choses autrement plus importantes à régler qu'attendre dans l'antichambre avec le personnel.  Il semblait trouver ce simple fait inacceptable.

L'inspecteur le fit entrer et après un rapide coup d'œil dans le hall d'entrée, Beanstock referma la porte derrière l'éditeur. Bernice était seule à attendre. Dans ce bref instant, il la vit faire les cent pas. Perdue dans ses pensées, elle marmonnait quelque chose.

Mr Van Horten n'attendit même pas que l'inspecteur l'interroge.

« Je suis hôte dans cette maison et je n'avais jamais vu Miss Hillman auparavant. Notre première rencontre avant la réception, la veille au soir a été très brève. Elle ne se sentait pas bien, aussi s'est-elle retirée rapidement dans sa chambre. Si je ne me trompe, vous étiez vous-même là samedi et je ne pense pas qu'il soit nécessaire que j'évoque cette journée assommante. De plus, ma présence ici est due au fait que je devais m'entretenir avec Lady Fedora au sujet de son livre. Hier soir, j'ai regagné ma chambre, tôt, pour dormir, puisque je souhaitais retourner aujourd'hui à Londres. Je n'ai rien entendu d'insolite. Si vous avez d'autres questions, veuillez vous adresser à mon avocat à Londres. »

Le constable secoua ses doigts crispés à force d'écrire. Il avait eu de la peine à tout noter.

Beanstock, quant à lui, avait écouté, ébahi. Mr Van Horten avait tiré de son imagination une histoire forte intéressante.

L'inspecteur se contenta de sourire.

« Alors, je vous remercie; et s'il y a autre chose, je vous contacterai. »

L'éditeur se leva de son siège et quitta bibliothèque à pas rapides.

Beanstock observa l'inspecteur, curieux de voir si celui-ci aussi trouvait le comportement de Mr Van Horten curieux. Mais il ne put rien déceler sur le visage de celui-ci.

Bernice était, hormis Beanstock lui-même, la dernière du personnel à être interrogée. Beanstock se chargea de l'appeler. Lorsqu'il regarda dans le hall, il fut surpris de

**107**

voir Mr Van Horten auprès de la servante. Il était hors de lui. Beanstock invita Bernice à entrer dans la bibliothèque, la domestique se précipita, en jetant un regard inquiet alentour.

« Vous êtes sûre que tout va bien ? », l'interrogea-t-il, inquiet. La jeune fille évita son regard et alla directement prendre place sur la chaise face à l'inspecteur. « Donc, Bernice, vous êtes la domestique, c'est bien ça ? Racontez-moi donc où vous étiez ce matin et hier soir. Disons, après la réception… Je pense que nous n'avons nullement besoin de nous appesantir sur cette fête. J'y étais également et je n'ai rien remarqué de singulier. »

Beanstock eut l'impression que Bernice poussa un soupir de soulagement, lorsqu'elle entendit l'inspecteur dire cela.

Elle déclara que comme à l'accoutumée, elle s'était mise au lit à 22h30. Le maître d'hôtel, qui avait entendu Bernice et Filomène, confirma ses dires. Ce matin, elle avait voulu, sur ordre de Lady Fedora, contrôler les rideaux dans la chambre de Miss Hillman et trouvé celle-ci allongé sur le sol. Elle avait alors sonné pour appeler le majordome et on m'a ensuite demandé de quitter la chambre. C'était tout ce qu'elle pouvait dire. L'inspecteur la remercia et elle put quitter la pièce.

Il ne restait plus que le témoignage de Beanstock.

« La soirée a suivi son cours habituel. Les invités des baronnets se sont retirés rapidement dans leurs chambres, après le dîner; Milady et Sir Percival ont fait de même. Le nettoyage était terminé et j'ai pu alors regagner ma chambre. Là, j'ai entendu fort et distinctement non seulement les ronflements du valet, mais aussi Bernice et Filomène babiller, alors qu'elles montaient les escaliers. Je me suis mis au lit pour lire un moment. Vers 23 heures, Milady m'a appelé, en activant la sonnette reliée à ma chambre. Je me suis habillé en toute hâte. Lady Fedora se trouvait dans la chambre de Miss Hillman qui semblait très bouleversée. Elle me pria d'apporter un somnifère de la pharmacie. Je suis allé chercher le cachet en question. »

À ce moment précis de sa déposition, Beanstock surprit le regard que s'échangèrent l'inspecteur et son constable.

Il continua.

« Ensuite, j'ai vérifié à nouveau que la porte d'entrée était bien fermée ; après quoi, je suis retourné dans ma chambre. Et ce matin, Bernice a trouvé Miss Hillman et j'ai demandé que le docteur Winterbottom soit appelé. »

Inspecteur Greenwood se leva.

« Et vous n'avez remarqué aucun signe d'effraction, lorsque vous êtes descendu, ce matin ? » Beanstock répondit par la négative.

L'inspecteur déclara qu'il allait maintenant interroger les baronnets.

Lady Fedora était assise, recroquevillée dans un des fauteuils chatoyants. À la vue de l'inspecteur, ses mains se crispèrent, serrées l'une contre l'autre.

« Donc, Lady Fedora, vous avez donné hier au soir à Miss Hillman un cachet pour dormir, c'est exact ? » Milady, déconcertée, opina de la tête.

« Et ce matin, vous avez demandé à votre caMériste de s'assurer que Miss Hillman allait bien ? Cela est-il aussi exact ? » Milady fit encore un signe d'approbation.

Beanstock, qui voyait où voulait en venir l'inspecteur, l'interrompit.

« Insinueriez-vous que ce somnifère aurait causé la mort de Miss Hillman ? Et que Milady aurait intentionnellement envoyé sa soubrette là-haut ? Ce n'est pas sérieux. Il s'agissait tout simplement d'un somnifère léger, tout à fait normal. Nous ne disposons pas ici de médicaments à forte dose. J'ai sorti le cachet de son emballage et l'ai donné à Milady. Et le rideau s'était accroché à l'extérieur de la fenêtre et c'est la raison pour laquelle Bernice est montée vérifier. »

Le visage de Lady Fedora devint livide. Sir Percival la dévisageait, extrêmement inquiet.

« Vous voulez dire que mon épouse aurait voulu s'en prendre à notre filleule ? Comment osez-vous penser une pareille chose ? », déclara-t-il, la voix rauque.

L'inspecteur leva les mains en signe de dénégation.

« Bien sûr que non ! Je vous en prie, calmez-vous ! Je ne prétends rien du tout. Nous devons, bien entendu, attendre le rapport de l'autopsie. Mais vous devez comprendre que je dois suivre toutes les pistes. Je souhaite que toutes les personnes ici présentes se tiennent à notre disposition, jusqu'à ce que soit établie la cause du décès de Miss Hillman. »

Le chef de l'équipe de préservation des indices et des traces descendit du premier étage et déclara que leur travail était fini. Il remit à l'inspecteur un sachet muni d'une inscription. Le corps de l'actrice de cinéma avait été emmené.

« Étiez-vous au courant que Miss Hillman consommait des drogues ? » l'inspecteur questionna l'assemblée et tint en l'air le sachet que lui avait remis son collègue. Lady Fedora secoua la tête, atterrée.

« Cette petite poudre blanche insignifiante a causé beaucoup de ravages. On ne peut pas se l'imaginer, quand on la regarde. Ma foi, on verra bien », ajouta-t-il, à voix basse, l'air songeur. Il mit le sachet dans la poche de sa veste.

Devant la porte d'entrée, on entendit un grincement de freins. La porte s'ouvrit à toute volée et des pas rapides s'approchèrent.

Mr Divari se tenait sur le seuil de la porte du salon, les yeux exorbités. « Il ne peut s'agir que d'un malentendu, n'est-ce-pas Sir Percival ? Rassurez-moi et dites-moi que ce n'est pas vrai. Elle allait bien, hier encore, non ? Etait-elle donc si malade ? » Il vit le visage tourmenté de chagrin et les yeux remplis de larmes de Lady Fedora et s'effondra sur un siège.

« Je n'en reviens pas, il semble que le téléphone de brousse fonctionne à merveille ici », marmonna inspecteur Greenwood.

« La cause du décès reste encore à établir. Quels rapports entreteniez-vous avec la défunte ? », demanda-t-il, intéressé.

L'Indien leva le regard, les yeux noyés de chagrin.

« Autrefois, nous étions secrètement fiancés tous les deux. Cela remonte à fort longtemps et c'est une histoire douloureuse. Priscilla et moi avons longuement discuté, lors de la réception, et je l'ai assurée que je l'aimais toujours et que je l'admirais. J'ai tenté de lui expliquer pourquoi ça n'avait pas marché entre nous. Ma famille m'avait contraint à rompre nos fiançailles. Nous étions alors bien trop jeunes, immatures et sots. Si seulement j'avais fait preuve de courage, la vie aurait suivi un cours différent pour tous les deux. Hélas, elle me fit comprendre hier, sans le moindre équivoque, que tout cela était de l'histoire ancienne et qu'elle m'avait oublié depuis fort longtemps. »

Il prit la tête entre ses mains et éclata en sanglots.

« Comment cela a-t-il bien pu arriver ? », interrogea l'Indien, abattu, en regardant autour de lui.

Sir Percival regarda son majordome et lui signifia d'apporter du thé. Beanstock s'inclina légèrement et quitta le salon. Les pensées se bousculaient dans sa tête, semblables à des papillons effarouchés. Il devait à tout prix mettre de l'ordre dans cette confusion. C'était son devoir et il ne fallait en aucun cas laisser cela à l'inspecteur. Sinon, ce n'était qu'une question de temps avant qu'un innocent ne soit inculpé et pendu. Il avait vaguement le sentiment que la réception n'avait pas été aussi anodine que l'inspecteur voulait bien le croire. N'avait-il pas tout simplement balayé de la main la remarque de Beanstock à ce sujet. Le majordome décida qu'il devait s'entretenir avec chacun des invités à la fête et tout particulièrement avec le personnel.

Quelqu'un devait bien savoir quelque chose, même s'il n'en avait pas conscience. Et avant toute chose, il voulait mettre au clair avec la gouvernante que l'heure n'était plus aux arcanes et autres mystères.

Pour la première fois, lorsqu'il entra dans la cuisine, régnait un silence qu'il aurait trouvé à tout autre moment tout simplement divin. Aujourd'hui, cependant, ce silence tendu était étouffant. Gonzales lui-même n'avait pas le coeur à plaisanter. Mrs Porkpie s'essuyait sans cesse les yeux avec son mouchoir, Bernice et Phillis, toutes deux très pâles, étaient debout dans un coin de la cuisine, droites comme des piquets.

« Phillis, veuillez préparer du thé. » Sans bruit, la fille de cuisine prit le thé et sortit la théière en argent du buffet.

« Où se trouve donc Mrs Argyle ? », questionna le majordome en jetant un regard circulaire dans la pièce.

« Elle est dans son bureau, Sir », bredouilla Gonzales.

« Bernice, vous vous chargerez de servir les seigneuries. Prenez six tasses. Pensez-vous pouvoir le faire ? » Elle acquiesça d'un signe de tête.

« Brave fille ! » Sur ces mots-là, le maître d'hôtel sortit de la cuisine et frappa à la porte du bureau de la gouvernante, dans le couloir attenant.

« Entrez ! » retentit de la pièce.

Beanstock pénétra dans le bureau et ferma soigneusement la porte. Il voulait être certain que personne ne puisse écouter leurs échanges.

« Je vous attendais », confia Mrs Argyle et elle se leva de la chaise derrière son secrétaire. Elle tenait dans sa main un tas de lettres au papier jauni et tout en haut la lettre qui l'avait bouleversée.

« Bon, Mrs Argyle, je pense que vous devriez me dire de quoi il retourne. Notre seigneurie est en danger. L'inspecteur suspecte réellement Lady Fedora. »

L'effroi se lut sur le visage de la gouvernante qui dut de nouveau s'asseoir.

« Vous n'êtes pas sérieux, n'est-ce-pas ? »

« Vous devez me dire toute la vérité. Je vous promets de traiter vos confidences avec la plus grande discrétion et de ne vous faire courir aucun risque. » Beanstock tira une chaise à lui et prit place. « Est-ce que l'appellation M16 vous dit quelque chose ? » Beanstock hocha la tête.

Elle hésita un court instant, comme si elle voulait rassembler ses pensées. « Avant de venir à Parsley Manor, j'ai autrefois travaillé pour un monsieur célibataire. Il s'appelait Kim Philby. Comment pourrais-je le décrire ? Nous dirons qu'il avait de nombreux secrets. Il travaillait en quelque sorte pour les services secrets de sa Majesté. J'étais alors jeune et sotte et je me suis embarquée dans une situation que vous jugez certainement condamnable. Mon employeur et moi devînmes très intimes. » Elle déglutit et baissa les yeux sur ses mains qu'elle triturait avec nervosité, comme s'il se fût agi de pâte levée.

« Le fait est que lorsqu'on est intime avec une autre personne, on apprend ceci ou cela, des informations qu'une tierce personne n'est pas sensée connaître. Et surtout pas une employée, ce que j'étais avant tout. Il avait fait suivi ses études 1930 à Cambridge et il avait des relations haut-placées. Il reçut un jour la visite d'un ancien condisciple. Cet homme était Mr Van Horten. »

Elle se tut un court instant et regarda Beanstock.

« Cependant, comment dire ... », elle hésita.

« Mrs Argyle, je vous promets de n'en souffler mot à personne. De plus, il ne m'appartient aucunement de porter un quelconque jugement. Si vous pensez vraiment quelque chose puisse modifier la haute opinion que j'ai de votre personne, alors vous faites fausse route. Mais je vous en prie, continuez. »

Elle opina de la tête et s'essuya une grosse larme au bord de ses paupières.

« Il se présenta sous un autre nom. Je m'en souviens comme si c'était hier. Il était déjà à l'époque cette personne terriblement arrogante. Pardonnez-moi, Mr Beanstock. Son nom était alors Dr. Richard Mc Lean et après ses études, il travailla à Cambridge en tant que psychiatre à *Bedlam*. En avez-vous déjà entendu parler ? »

Les yeux du majordome se réduisirent à deux minces fentes, tandis qu'il réfléchissait intensément.

« Je connais cette institution sous le nom officiel Beth-lehem Royal Hospital, mais effectivement, le nom ne m'est pas étranger. Les conditions y étaient, il y a de cela fort longtemps, épouvantables. »

La gouvernante se contenta de faire un signe de tête

affirmatif.

« Quoi qu'il en soit, mon employeur n'était pas très ravi de le voir. J'entendis une grosse dispute et les éclats de voix étaient si forts qu'on ne pouvait les ignorer. Il était question d'expérimentations faites dans la clinique et de matériel de guerre. Dr. Mc Lean présenta des documents relatifs à ses recherches sur une arme chimique. J'entendis nettement le mot : *Russie*. Lorsque je demandai si je pouvais servir le repas, je remarquai le visage livide de mon employeur. L'invité avait déjà quitté la maison. Ensuite, tout alla très vite. Il me demanda de faire mes bagages sur-le-champ. Il alla dans sa chambre faire ses valises aussi rapidement que faire se peut. Il ne fallut pas plus de quinze minutes.

J'étais complètement désemparée. Il me donna un peu d'argent, me donna le conseil d'aller dans un hôtel et ensuite de quitter Londres. C'était en 1944. Pendant longtemps, je n'ai pas eu de ses nouvelles. Par chance, j'eus la possibilité de commencer une nouvelle vie ici, chez les baronnets. C'est alors que débuta l'envoi de ces lettres. »

Mrs Argyle remit au majordome le tas d'enveloppes jaunies et Beanstock découvrit sur le cachet des caractères cyrilliques.

« Il s'est donc installé en Russie ? Était-il un agent double ? » Sous le coup de la surprise, le maître d'hôtel en perdit presque la voix.

Mrs Argyle acquiesça.

« On suppose qu'il faisait partie d'un groupe, qui se forma pendant ses années d'études à Cambridge. Personne ne sait vraiment qui d'autre était impliqué dans ces agissements. Ce qui est sûr, par-contre, c'est que le docteur était l'un d'eux. Et les expériences auxquelles il se livrait n'étaient pas uniquement pour le compte de la Grande Bretagne. La lettre que je viens de recevoir n'a pas été envoyée de l'étranger ; il s'agit d'un courrier intérieur. Cela signifie qu'il est de retour. Il en a fini avec tout ça et tente maintenant de mener une vie normale. Je vous supplie de ne pas évoquer son nom. Il m'a mise en garde contre le docteur. Ses contacts sont toujours actifs et il a appris que ce dernier était l'éditeur de Milady.

Voilà pourquoi il a tenu à m'éclairer sur Mr Van Horten, qui est une personne malfaisante et absolument imprévisible. Fort heureusement, cet homme arrogant ne m'a pas reconnue. Philby oeuvrait jadis comme homme de liaison avec la BBC. Il m'a révélé, dans une de ses lettres, pourquoi tout avait du aller si vite.

Docteur McLean et son frère, Donald McLean, avaient l'intention de vendre aux Russes des résultats de recherche très controversés et Kim y était absolument opposé. De même, il était au fait que le docteur pratiquait des expérimentations interdites sur ses patients avec certains produits qui pourraient s'avérer explosifs pour conduire une guerre. Kim s'était mis dans une situation critique et il ne pouvait plus faire marche arrière. Et il savait que ce n'était plus qu'une question de temps pour qu'ils soient démasqués. C'est pourquoi il s'était enfui.

Le diable a plusieurs visages, dont l'un est le hasard, n'est-ce-pas ? Qui aurait cru que mon passé viendrait me retrouver ici, en pleine campagne ? »

La gouvernante sanglotait. « Pensez-vous que j'aurais du vous en parler bien avant ? Et pourtant, je ne peux pas m'imaginer que Van Horten soit mêlé à ce meurtre, non ? Il ne connaissait pas du tout Miss Hillman ? »

Beanstock se leva de son siège.

« Je ne peux encore rien dire. Une question demeure en suspens: Est-ce qu'on devrait signaler Mr Van Horten au service de contre-espionnage ? Cela impliquerait alors, ma chère Mrs Argyle, que vous y soyez mêlée. Et cela, je ne le veux en aucun cas. D'abord, je veux clarifier les faits et attendre les résultats de l'autopsie. Si l'inspecteur veut bien m'informer, bien entendu. Nous en saurons plus. Vous n'êtes coupable de rien, Mrs Argyle. Ne vous en faites pas ! Avez-vous jamais répondu à une de ces lettres ? »

« Jamais ! Il n'en était pas question. Je n'avais par ailleurs aucune adresse. Pourquoi pense-t-il encore à moi ? Je ne peux pas me l'expliquer. »

« Moi, si, ma chère Mrs Argyle. »

Sur ce, Beanstock quitta le bureau et laissa la gouvernante désarçonnée. Il rejoignit le salon. Entre-temps, Phillis et Bernice avaient servi le thé à toutes les personnes qui s'y trouvaient et Beanstock les renvoya à la cuisine.

## LE PETIT OBJET BRILLANT

Il était si beau, il brillait de mille feux ! Et lorsqu'elle le tenait contre la lumière de la lampe, elle pouvait alors voir sa surface magnifiquement incrustée de fins sillons d'or. Elle savait bien qu'elle n'avait pas le droit de le garder, mais elle voulait rien qu'un court instant, se sentir comme une dame raffinée ou une star de cinéma.

Avec précaution, elle ouvrit, en un clic, le boîtier. Il contenait des cigarettes sentant bon le tabac. Elles ressemblaient à de longs doigts fins coiffés d'une petite casquette dorée. Elle les approcha de son visage et huma leur parfum, un sourire aux lèvres.

De l'étui s'évadèrent de doux effluves aux accents de vanille… Shalimar, cette flagrance des mille et une nuits… Elle connaissait ce parfum. La star de cinéma le portait et elle se rappela le magnifique flacon qui trônait sur la coiffeuse.

Elle regarda plus attentivement l'intérieur du boîtier. Il y était gravé en fines lettres: *Pour ma bien-aimée I. H. de la part de E. F.* Elle n'avait jamais rien possédé de tel. Plus elle y pensait, plus elle ne pouvait se résoudre à le restituer.

Un bruit près d'elle la fit sursauter. Cachée derrière un arbre, elle sortit vite la tête, pour regarder. Elle ne vit personne. De l'autre côté, elle entendit alors un craquement sonore, comme si quelqu'un avait marché sur une branche sèche. Elle leva les yeux vers la maison qui lui parut tout à coup sombre et hostile.

Elle referma le petit objet brillant et voulut le remettre

dans la petite cassette, à côté des autres objets qu'elle gardait là, bien à l'abri des regards curieux. La crevasse profonde dans le tronc du vieux châtaignier était l'endroit le plus sûr, c'était la cachette idéale pour ses trésors secrets. Filomène, en particulier, voulait toujours tout savoir jusqu'au moindre détail et elle la bombardait de questions. Mais cette cachette était son secret, à elle toute seule.

Après courte réflexion, elle ouvrit de nouveau l'étui. Quel mal y avait-il, après tout, à ce qu'elle essaye une autre cigarette ? Elle avait raffolé de la première.

Il en restait encore quatre. Ça ne se remarquerait pas. Personne ne s'apercevrait que des cigarettes manquaient. Et elle pourrait humer le parfum d'un monde auquel elle n'aurait jamais accès.

Après avoir délicatement sorti une cigarette, elle replaça l'étui près de ses autres objets précieux dans son petit écrin en bois, défraîchi, orné d'une somptueuse rose pourpre sur le couvercle. Elle laissa le verrouillage automatique tout doucement s'enclencher. Le boîtier à cigarettes était posé tout contre un chiffon en soie, unique souvenir qui lui restait de sa mère, un entrée pour une séance de cinéma, un large ruban de velours noir, une clé rouillée et une bague de couleur rose, bon marché, sortie d'un distributeur de bonbons.

Si tout se déroulait comme elle le désirait ardemment, alors bientôt elle n'aurait plus besoin de frotter de sols, ni de servir de thé. Elle irait à Londres et elle mènerait une vie dans l'aisance. Elle essayait de s'imaginer, comment ce serait d'avoir son propre appartement et de vivre au jour le jour. Ce serait mille fois mieux que toutes ces années perdues, lorsqu'elle vivait chez sa tante, qui prenait un malin plaisir à lui faire sentir jour après jour, qu'elle était indésirable et qu'elle devait seule à la grandeur d'âme de cette même tante de ne pas s'être retrouvée dans un orphelinat.

Parsley Manor n'était pas vraiment le lieu de travail le plus pénible, mais elle voulait être enfin indépendante, ne plus devoir obéir à des ordres. Elle toussota légèrement. Les domestiques n'étaient pas non plus autorisés à fumer à l'intérieur de la maison.

Elle se glissait parfois discrètement, pour aller rejoindre Gonzales, qui avait, toujours pour elle, un de ses cigarillos espagnols terriblement forts. Comme elle avait toussé, la première fois. À ce souvenir, elle ne put s'empêcher de sourire.

Elle sortit les allumettes de la poche de son tablier et s'assit à nouveau le dos contre le tronc de l'arbre derrière lequel elle était cachée.

Elle aspira profondément une bouffée de sa cigarette. Là aussi, elle devait tousser. Mais la toux devrait vite se dissiper, après les premières bouffées, et elle pourrait alors savourer sa cigarette. Elle contempla le ciel sombre et étoilé et imagina sa nouvelle vie aux mille couleurs.

Le hululement d'un hibou prévint les souris des alentours qu'il était fin prêt pour son incursion du soir. Un bruit se fit entendre tout près de Bernice.

Mais elle était bien trop fatiguée. Elle respirait maintenant avec difficulté. Aurait-elle une poussée de fièvre ? Ses yeux lui brûlaient. C'était sûrement cette fumée inaccoutumée pour elle. Elle sentit monter la nausée et son pouls s'emballa.

Elle n'avait même plus la force de se lever et ne pouvait pas non plus crier. Très vite, la vie s'éteignit dans son regard. Et sa dernière pensée fut que c'était une erreur monumentale de croire pouvoir échapper à cette vie.

Elle réalisa bien trop tard qu'elle aurait du signaler au majordome ce qu'elle avait observé pendant la fête. Sa plus grande méprise, cependant, avait été de croire qu'elle pourrait tout simplement s'approprier ce petit objet brillant sans la moindre conséquence.


Le jardinier, d'humeur joviale, ouvrit avec un grand sourire la porte du jardin, prit une bouffée profonde de cet air pur matinal et se mit en route pour prendre un bon petit déjeuner dans la cuisine. Il se frotta les mains de joie, à l'idée des délicieux scones aux raisins secs de Mrs Pork-pie.

Peu après lui, Mortecai sortit lui aussi. Il bâilla copieusement et s'étira de tout son long, puis se dépêcha de rejoindre son compagnon et nourricier.

Quand Mr Herringbone traversa le vieux verger, il fut très surpris. Pourquoi donc Bernice était-elle assise à cette heure de la journée sous un arbre. Lorsqu'il s'approcha, pour vérifier si elle s'était peut-être assoupie, il remarqua alors ses yeux écarquillés, sans vie et son teint blafard.

« Oh, mon Dieu, pauvre petite ! » s'exclama-t-il.

Mortecai surgit de derrière un arbre et s'apprêtait à renifler la jeune fille. Le jardinier le prit dans ses bras et se dirigea en toute hâte vers la porte de la cuisine, à l'arrière de la maison.

Mrs Argyle se chargea d'appeler instantanément Mr Beanstock, qui était encore dans sa chambre et écoutait sa musique. Quand il arriva à l'arbre, tout le personnel, formé en cercle, se trouvait déjà là. Mrs Arbuckle sanglotait et frottait ses yeux rougis. Le maître d'hôtel se pencha sur Bernice et referma les paupières sur ses yeux vides de vie.

Puis d'un geste de la main, il renvoya tout le monde à la maison.

« Restez ici, Mr Harrison, si cela ne vous pose aucun problème, étant donné les circonstances. Je dois informer Sir Percival et contacter de nouveau la police », dit Beanstock, en s'adressant au valet. Ce dernier, embarrassé, hocha la tête, ne sachant trop comment se tenir convenablement près du corps de Bernice : il se mit d'abord sur sa gauche, puis sur sa droite, les bras croisés, puis les bras le long du corps. Il était de plus en plus mal à l'aise. Beanstock observa cette agitation un petit moment.

« Harrison, mettez-vous tout simplement là-bas, détendez-vous et ne pensez à rien. »

« Comment fait-on pour ne penser à rien, Sir ? »

Le majordome voulait tout simplement se retourner, aller à la maison et signaler ce nouveau décès, c'est alors qu'une petite tache attira son attention. Il se pencha sur la jeune fille et l'observa attentivement. À l'endroit même où sa main était posée sur les genoux, on voyait une brûlure sur le tablier. Beanstock essaya de trouver une explication ; Peut-être, une fois de plus, était-elle allée dehors pour fumer. Il regarda tout autour du corps sans vie de Bernice, recherchant un mégot. Rien du tout.

Beanstock espérait que les experts pour la préservation des indices et des traces réussiraient à le trouver. Il signalerait toutefois à l'inspecteur cette brûlure de cigarette. Et peut importe si ce dernier allait être furieux. Après avoir contacté le commissariat de police, il appela Filomène Arbuckle. Ils montèrent tous deux au premier étage et le majordome frappa légèrement à la porte de la chambre des baronets.

Presqu'instantanément apparut la tête de Sir Percival

dans l'embrasure de la porte, les cheveux tout ébouriffés.

« Ne parlons pas trop fort, je vous en prie. Elle s'est enfin endormie. J'ai eu beaucoup de mal à la consoler », chuchota Sir Percival, tout en jetant un regard inquiet en direction de son épouse, allongée, visiblement dévastée et très pâle, dans le grand lit.

« Que se passe-t-il ? Quelle heure est-il, Beanstock »

« Veuillez m'excuser, Sir, il est 6 h 30. Je dois vous informer que nous avons un nouveau décès. »

« Quoi ? Comment ? Qui ? », murmura Sir Percival aussi doucement que possible.

« Il s'agit de Bernice. Elle est dans le verger, derrière la maison. J'ai accompli les démarches nécessaires », expliqua le majordome.

Sir Percival essuya la sueur froide qui perlait déjà sur son front.

« Oh, mon Dieu! Que se passe-t-il ici ? Et maintenant cette pauvre fille, en plus. »

Lady Fedora apparut à la porte, d'une extrême pâleur, semblable à un revenant d'outre-tombe.

« J'ai tout entendu. Ce n'est plus la peine de chuchoter, chéri. Qui donc se livre à ce jeu macabre à nos dépens, Beanstock ? »

« Milady, je l'ignore encore, mais je vais faire tout mon possible, pour le découvrir. Je vous ai amené Filomène, afin qu'elle puisse vous venir en aide. »

La cameriste entra dans la chambre et prit le bras de Lady Fedora, dont les jambes semblaient prêtes à se dérober. Sir Percival se rendit dans son dressing.

Beanstock pouvait déjà entendre la sirène assourdissante du véhicule de police. *Bravo ! Maintenant chaque habitant de Parsley Field saurait qu'il était de nouveau survenu quelque chose chez les baronnets. Cela ne l'étonnerait pas, si, comme par hasard, le facteur venait aujourd'hui plus tôt que de coutume et certainement aussi d'autres personnes.*

Et il y avait encore la presse, qui allait exploiter la mort de la célèbre actrice hollywoodienne jusqu'à la moelle, exhibant les détails les plus atroces. N'avait-il pas du répondre déjà hier à de nombreux appels, dont le seul but était de lui soutirer quelques informations ? D'ici peu une cohorte de gens de la presse allait envahir les lieux. Mais il ferait, le moment donné, le nécessaire pour épargner ce tracas superflu à sa seigneurie. Ils pouvaient toujours venir, ces charognards en quête de sensations.

Le véhicule de service du poste de commissariat de Parsley Field s'arrêta dans un crissement de freins devant l'entrée du manoir. Quelles idées saugrenues allait avoir l'inspecteur, cette fois-ci, pour ce nouveau meurtre ?

Le majordome ajusta son gilet et sa veste et se prépara à la nouvelle visite de ce dernier, ainsi que de son constable zélé, notant le moindre mot avec son crayon à papier.

## DU POISON

Après avoir, une fois de plus, méticuleusement interrogé les habitants de Parsley Manor, l'inspecteur avait fait part aux baronets de Parsley, en présence du maître d'hôtel, que l'autopsie avait démontré que la mort de Miss Hillman personnes avait été causée, sans l'ombre d'un doute, par un poison. De ce fait, on enquêtait dorénavant sur un meurtre et plus un accident.

Le médecin légiste ignorait à l'heure actuelle de quel poison il s'agissait. Pour cela, d'autres examens s'avéraient nécessaires. Il semblerait que ce poison ait été inhalé, puisqu'aucune trace n'avait été trouvée dans l'estomac de Miss Hillman ; par-contre énormément dans les poumons et son sang. Elle aurait alors succombé à un arrêt cardiaque.

Lady Fedora, ferma les yeux, anéantie par la douleur.

« La pauvre ! Quelle mort atroce ! »

Les prélèvements effectués sur le contenu de l'estomac de Miss Hillman, que ce soit les cachets ou le repas, n'avaient révélé aucune trace de poison. Par-contre, l'état du tissu pulmonaire trahissait la présence d'un poison, expliqua l'inspecteur. Le médecin légiste en était convaincu. Donc, l'enquête ne faisait que commencer.

« J'ai tout de même consulté notre avocat à Londres. Il devrait être là dans quelques heures », l'informa Sir Percival.

« Faites comme bon vous semble. Cependant, aucun soupçon ne pèse actuellement à l'encontre de Lady Fedora.

Nous devons maintenant attendre le rapport de l'autopsie du corps de votre soubrette. Je voudrais solliciter, par ailleurs, votre accord pour perquisitionner, à nouveau, le manoir. Même si nous ignorons encore à quel type de poison nous avons affaire, je souhaite au préalable examiner avec soin toutes les pistes possibles. Cela signifie les stocks en mort-aux-rats, les herbicides du jardinier etc… », lâcha l'inspecteur, en se levant. Il lança, exaspéré, un regard en coin à son constable qui, comme un forcené, écrivait non-stop.

« Donegal, vous deviez uniquement… » Lorsqu'il vit que l'intéressé continuait dans sa lancée, il s'interrompit brutalement et leva les yeux au ciel.

Lady Fedora se leva péniblement de son fauteuil.

« Inspecteur, je ne vous en veux pas de m'avoir soupçonnée. Vous n'avez fait que votre travail. Nous vous autorisons bien entendu à fouiller partout où vous le jugerez nécessaire. Même si je sais parfaitement que notre avocat ne verrait pas la chose d'un bon oeil. Mais nous n'avons ici rien à cacher. Quand pourrons-nous emmener Priscilla Hillman reposer dans sa dernière demeure ? Nous prendrons en charge les frais des funérailles. Elle n'avait personne d'autre au monde. Sa tante de Londres est décédée, il y a trois ans de cela, et nous souhaiterions que cette enfant repose auprès de ses parents et de sa soeur. »

L'inspecteur approuva de la tête.

« Je vous ferai savoir, dès que le médecin légiste aura fini, Milady. »

Il fit un signe de la tête aux personnes présentes.

Il alla ensuite dans le verger, pour examiner à nouveau le lieu du crime.

Sir Percival prit tendrement la main de sa femme et la

126

caressa avec douceur. « S'il vous plaît, Beanstock, veuillez nous apporter du thé. Et dites à Mrs Argyle de bien vouloir venir. Elle l'a embauchée, elle doit donc avoir des informations sur sa famille. Nous voulons nous charger de les prévenir, avant que la police ne le fasse. Ne trouvez-vous pas, vous aussi ? »

« Tout à fait, Sir. J'y vais de ce pas. »

Le majordome entra dans la cuisine où le personnel, consterné, se tenait dans un silence total.

Après avoir été interrogé par la police, Herringbone s'était retiré dans le jardin d'hiver.

Mrs Porkpie, le dos contre la cuisinière, secouait sans cesse la tête, comme si elle tentait de résoudre un problème difficile. Filomène tenait Phillis, qui semblait ne plus pouvoir s'arrêter de pleurer, dans ses bras. Gonzales était retourné dans le garage et apparemment essayait à grands coups de son outil de comprendre pourquoi la douce Bernice était partie à tout jamais.

Harrison était assis à la table, ses grandes mains vigoureuses tremblaient.

« Ont-ils déjà pris le corps de la petite ? » demanda Beanstock au valet, se chargeant lui-même de mettre l'eau à bouillir.

D'un léger signe de tête, Harrison acquiesça, sans un mot.

Laissant l'eau sur le feu, Beanstock alla rapidement frapper à la porte de la gouvernante.

Elle ouvrit et, hocha la tête, sachant déjà pourquoi il était là.

« J'ai sorti les papiers concernant Bernice. Je pensais que nous en aurions certainement besoin. »

Le majordome l'envoya avec les documents auprès des

baronnets et retourna à la cuisine, s'occuper du thé. Cependant, il constata que Phillis s'en était déjà chargée et avait placé le thé sur un plateau, prêt à être emporté. Beanstock la remercia d'un signe de tête et prit le tout au salon.

Dans l'antichambre, il aperçut Mr Van Horten qui parlait au téléphone, indigné. Dès qu'il vit le maître d'hôtel s'approcher, il s'empressa de raccrocher et prit l'escalier, sans un regard autour de lui, pour se rendre à l'étage des chambres.

Très étrange, songea Beanstock. Néanmoins, il pouvait tout aussi bien s'agir d'un coup de fil anodin. Peut-être s'était-il entretenu avec un de ses assistants ?

Il devait cesser de porter un jugement sur chaque fait et geste de l'éditeur. Il était essentiel qu'il aborde la situation sans idée préconçue. Beanstock devait agir à tout prix. Il ne pouvait plus attendre. Son instinct de passionné d'énigmes lui soufflait qu'il devait débuter son enquête en questionnant les invités de la réception. Quelque chose avait dû se produire ce jour-là, qui avait déclenché cette terrible tragédie.

Il décida de prier Sir Percival de mettre la voiture à sa disposition. Il ne voulait en aucun cas importuner Lady Fedora avec cette requête.

Aussitôt le thé bu, Sir Percival se rendit dans sa pièce préférée, sa bibliothèque.

Beanstock frappa doucement à la porte.

Le baronnet était installé dans son fauteuil en cuir et lisait dans un de ses volumineux ouvrages anciens d'histoire.

Tout contre lui, Junior avait posé sa tête sur le genou de son maître, comme s'il sentait qu'il y avait eu du vilain et

128

qu'il devait le réconforter. Perdu dans ses pensées, Sir Percival lui caressait la tête.

« Où comptez-vous donc vous rendre en voiture, mon bon Beanstock ? », demanda-t-il.

Le maître d'hôtel ne tenait pas à raconter à son employeur ce qu'il avait l'intention de faire, mais il ne voulait en aucun cas mentir.

« En fait, Sir, je souhaiterais poser quelques questions toutes simples à certaines personnes. »

« Mhhhhh… ! Et qu'espérez-vous apprendre ? Dites-moi, vous n'avez tout de même pas l'intention d'empiéter sur le domaine de l'inspecteur ? Beanstock, que vous dire ? Une bouteille de Bourgogne évaporée dans la nature et un stylo-plume égaré ou un crime sont deux choses très différentes. Sauf le respect que j'ai pour votre flair remarquable et votre passion pour l'enquête, mais je crains que ce ne soit dangereux et je ne souhaite pas avoir plus de soucis avec l'inspecteur. Avant toute chose, je ne voudrais pas que vous vous mettiez en danger. Nous ignorons si un déséquilibré mental est ici à l'oeuvre. Qui voulez-vous donc interroger ? »

Beanstock se sentait mal à l'aise. Il respira un grand coup.

« Je souhaite en savoir plus sur cette réception très bizarre. J'espère apporter de la lumière sur cette affaire. Quelqu'un doit bien avoir remarqué quelque chose de singulier. »

« J'y étais aussi et je n'ai rien observé. C'était plutôt amusant, n'est-ce-pas ? En fait, je me suis entretenu avec Lord Southcoffelton de l'ouverture prochaine de la chasse et aussi sur son élevage de chiens. N'est-ce-pas, mon bon chien ? », dit-il en s'adressant à son chien, le regard souriant. L'adorable Beagle confirma en remuant joyeusement la queue.

« Sauf votre respect, Sir, mais les invités n'était pas du tout d'humeur joviale. À l'exception peut-être de Lord et Lady Southcoffelton. L'atmosphère était singulièrement tendue et je ne pouvais en saisir pas la raison. Je souhaiterais m'entretenir avec les invités, afin de clarifier certaines choses et c'est pourquoi Gonzales devrait me conduire en voiture. Si vous n'y voyez aucune objection, Sir. »

Sir Percival se leva tranquillement de son fauteuil et lui fit un léger signe de la tête.

« Je vous remercie pour votre engagement, Beanstock. Je vous demande d'agir avec la plus grande délicatesse. Nous ne voulons en aucun cas contrarier nos concitoyens avec de quelconques suspicions. J'espère que nous pourrons reprendre notre vie normale sous peu. Avez-vous évoqué vos soupçons à notre inspecteur ? »

« Je l'ai fait, mais il a exclu catégoriquement tout lien entre ces morts suspectes et la réception. »

Le maître d'hôtel s'inclina légèrement et quitta la bibliothèque.

Après avoir informé Mrs Argyle et réparti différemment les tâches de la journée, il se dirigea vers le garage d'où retentissaient encore des coups sonores.

Il ouvrit la porte et Gonzales leva un visage couvert de cambouis du capot ouvert de la vieille Ford.

« Mr Beanstock ? *Maldito*, ne me dites pas qu'une autre personne est morte ! », lança le chauffeur, le regard anxieux en se signant.

Le majordome leva la main.

« Ne craignez rien ! J'ai seulement besoin de la Bentley, Gonzales. Je dois examiner un certain nombre de choses à

Parsley Field. Sir Percival m'a donné son accord. Je vous demanderais de bien vouloir m'y conduire. La dernière fois que j'étais assis derrière un volant remonte à fort longtemps. »

« D'accord ! Un instant, *Señor*. »

Gonzales alla dans la pièce attenante, où il retira prestement son bleu de travail pour enfiler un pantalon propre et une chemise fraîchement repassée. Beanstock entendit l'eau couler. Peu après, ce fut un chauffeur frais et pimpant, qui décrocha les clés du tableau, alla dans le deuxième garage, où était abritée la Bentley gris argent.

« Nous allons d'abord chez les Winterbottom, Gonzales, s'il vous sied. »

« *Dios mío*, *Señor*. Êtes-vous donc toujours aussi solennel ? », questionna Gonzales, avant de démarrer.

Beanstock le regarda d'un air ébahi.

« Solennel ? Mais je suis comme d'habitude, on ne plus normal. »

L'Espagnol secoua les épaules et prit la route pour Parsley Field.

Après que les deux hommes aient disparu derrière les arbres, Mr Van Horten sortit de la maison et emprunta le sentier menant au jardin, pour filer à toute allure à travers champs.

## LES FANTÔMES DU PASSÉ

C'était un jour de semaine ordinaire dans les cabinets du frère et de la soeur Winterbottom. Comme toujours, pendant les heures de consultation, Simon Partridge, le frère aîné de Phillis et fils du facteur, était assis derrière le bureau de réception.

Le jeune homme aux cheveux blonds bouclés arborait une blouse de travail d'un blanc éclatant. À la différence de à sa soeur Phillis, il était plutôt  grand et extrêmement mince. Il portait des lunettes à monture circulaire, qui avait pour habitude de glisser jusqu'au bout du nez, pour osciller là, indécises. Et bien souvent, sa main gauche se levait, d'un geste prompt et devenu purement machinal, pour les redresser sur son nez.

Si au début, les patients avaient pu être quelque peu déroutés d'être accueillis par un homme, dans la fonction d'infirmier médical, le temps avait eu raison des réticences des plus sceptiques, qui s'y étaient désormais habitués.

Simon souhaitait devenir lui-même médecin. Et puisque ses parents ne pouvaient réunir la somme nécessaire pour financer ses études, il se décida pour la voie longue et ardue. Diplômé en soins infirmiers dans un premier temps, il comptait ensuite intégrer des études de médecine. Grâce à son travail remarquable, il avait de bonnes chances d'obtenir une bourse. En attendant, il recevait les patients, posait des pansements, soufflait sur les écorchures de tout petits enfants en larmes, pour faire disparaître la douleur ou rassurait les futures mamans nerveuses.

Pour ce qui était de l'aspect vétérinaire du cabinet, il enregistrait les petits patients, le plus souvent quadrupèdes, dans les fiches médicales et veillait à ce que l'ordre d'arrivée soit respecté.

Rien ne serait pire que, si par mégarde, le teckel du chef de gare, Mr Templar, était pris en charge par le vétérinaire avant la perruche de Mrs Pommerton. Après tout, elle était toujours la première et attendait déjà dehors, la cage de son oiseau recouverte, bien avant que Simon ne déverrouille la salle d'attente.

Comme le Dr. Rachel Winterbottom lui en avait fait la remarque, Simon avait d'emblée le doigté pour que le flot des patients se déroule sans heurts. Il connaissait exactement les sensibilités de chacun, des grands et des plus petits patients. De ce fait, il était rapidement devenu indispensable pour le cabinet.

Lorsque Beanstock, ce matin-là, pénétra dans le bureau, tous les regards convergèrent vers lui. Tout le monde se tut, seul le gazouillis rauque de la perruche de Mrs Pommerton continuait allègrement. La vieille dame leva l'index pour le rappeler à l'ordre, avant de vociférer de sa voix haut-perchée, reconnaissable entre mille : « Veux-tu bien te taire, Géronimo? Chut ! »

Qui sait? Peut-être pourrait-on glaner quelques détails piquants sur les événements tragiques de Parsley Manor. Toute l'attention était focalisée sur le majordome, qui salua les patients d'un signe de tête. D'un pas mesuré, il alla vers le comptoir de l'antichambre et attendit que Simon se tournât vers lui.

L'assistant médical était pour le moment occupé à chercher une fiche médicale et lui tournait le dos. Mr Beanstock toussota légèrement.

Simon regarda autour de lui et un court instant, il resta interdit.

« Mr Beanstock ? Qu'est-ce-qui vous amène ? Je ne me souviens pas avoir jamais rempli une fiche médicale à votre nom. Nous devons en faire une. Prenez donc place. Vous devez au préalable remplir un formulaire. »

« Je ne suis pas souffrant. Je peux même dire que je n'ai jamais plus été malade, après 1929. Depuis lors, je me porte comme un charme, ce que je peux attribuer à mon mode de vie sain et équilibré. »

« Et de quoi avez-vous souffert en 1929 ? » questionna l'aide-soignant, quelque peu surpris.

« Parotitis epidemica, une affection sérieuse. »

Un murmure presque inaudible parcourut la salle d'attente.

« Quel âge aviez-vous à l'époque ? »

« Presque trente ans. C'était extrêmement pénible. »

« Vous avez eu à trente ans les oreillons ? », s'exclama Simon Partridge, en élevant la voix, sans y prendre garde.

Cette fois, ce furent les petits rires moqueurs des personnes alentour que l'on entendit.

« Mon cher Mr Partridge, croyez-moi, à cet âge-là, ce n'est pas une partie de plaisir. Je suis heureux de ne pas avoir de séquelles. »

Beanstock se sentait froissé.

« Excusez-moi, Sir ! », bredouilla Simon, « Que puis-je donc faire pour vous ? »

« Je dois instamment parler aux deux médecins. Cela ne va pas durer longtemps. »

« Un instant! Je vais demander s'il est possible qu'entre deux patients, les docteurs vous reçoivent. Comme vous le pouvez le constater, nous avons aujourd'hui beaucoup de travail. »

Sur ces mots-là, Simon sortit de derrière le bureau, pour disparaître dans un des salles de soin.

Peu après, la porte s'ouvrit de nouveau et le Dr. Timothy Winterbottom, en prenant mille précautions, conduisit une jeune femme hors de la pièce. Elle avait du fait de son ventre, ne laissant aucun doute sur l'imminence d'un heureux évènement, certaines difficultés à sortir par la porte.

Un jeune homme au visage rougeaud se leva d'un bond de son siège et il traversa la pièce en deux enjambées, pour s'approcher de la jeune femme enceinte dont le visage s'éclaira alors d'un sourire radieux.

« C'était une fausse alerte, mon trésor. Nous en avons encore pour quelques jours ou semaines », lui assura-t-elle. « Des semaines ? », s'exclama son mari, d'un ton désespéré. « Vous plaisantez, docteur ? Je ne vais pas y survivre. En fait, il veut venir, cet enfant ? »

Le Dr. Winterbottom arbora un large sourire.

« Un bébé vient quand il vient. Là, je ne peux rien faire. Calmez-vous. Le plus souvent, ils naissent la nuit. Vous pouvez me joindre à toute heure. Simon, veuillez rédiger l'ordonnance habituelle. »

Il se tourna ensuite vers Mr Beanstock.

« J'ai vraiment une foule de patients. Est-ce que cela ne peut pas attendre ? »

« Si cela ne vous ennuie pas, je souhaiterais m'entretenir tout de suite avec votre soeur et vous-même. C'est l'affaire de quelques minutes », rétorqua le majordome.

Il se tourna vers les personnes attendant dans l'antichambre : « Je vous présente mes excuses pour la courte suspension des consultations. »

Pour toute réponse, on entendit un murmure d'approbation. Peut-être auraient-elles finalement la chance, du moins elles l'espéraient, d'apprendre quelque chose d'intéressant. Les portes n'étaient pas très épaisses ici.

« Bon, d'accord. Je reviens tout de suite. Simon, veuillez, entre-temps, retirer le bandage du petit Timi. » De la salle d'attente un gémissement plaintif et affolé retentit.

« Venez, Mr Beanstock. Allons dans la pièce réservée à ma soeur, à côté. »

Dr. Rachel Winterbottom, assise à son bureau, était occupée à écrire sur une fiche. Elle tourna la tête et reconnut avec surprise qui entrait avec son frère.

« A quoi doit-on votre visite, Mr Beanstock ? Y a-t-il un souci avec Junior ? »

« Non, docteur. Les animaux de Parsley Manor se portent à merveille. Je viens vous voir aujourd'hui pour une toute autre raison. Vous êtes certainement au fait de ce qui est arrivé. J'essaie de reconstruire la journée de la réception et je vous serais très reconnaissant si vous me racontiez quels problèmes que vous aviez avec Miss Hillman. J'ai observé que vous étiez tous deux très bouleversés, suite à votre entretien. Pourriez-vous nous aider à tirer cela au clair. »

« Je trouve cela pour le moins étrange, Mr Beanstock. N'est-ce pas là le travail de la police, ou est-ce que je me trompe ? », interrogea le docteur Rachel.

Elle me semble très en colère, pensa le majordome.

« La police fait un travail remarquable, aucun doute. Néanmoins, certains soupçons ont été émis à l'encontre de Lady Fedora, et je ferai tout ce qui est en mon pouvoir pour clarifier la situation pour les baronnets. Cela implique naturellement, j'en suis persuadé, les antécédents de Miss Hillman. Vous comprenez, docteur ? »

« Pourquoi persistes-tu encore à te taire, après toutes ces années, Rachel ? A quoi bon ? Cela n'a certainement rien à voir avec les deux décès. Ne t'inquiète pas. »

Dr. Timothy Winterbottom posa une main réconfortante sur l'épaule de sa soeur et d'un signe de tête, l'encouragea à se livrer.

Elle se leva de son fauteuil, fit quelques pas vers la fenêtre. Après un long moment, elle se retourna et acquiesça d'un léger mouvement de la tête à l'adresse de son frère.

« Tout cela est affreux ! Mr Beanstock, je suis si profondément triste pour Bernice. Elle était si gentille. Tu peux continuer, Timothy, je ne sais pas si j'en suis capable. »

« Voilà, nous étions ensemble à l'école, Priscilla Hillman, sa grande soeur Emely et nous. En ce temps-là, Sean O'Donoghue reprit le pub de ses parents et entreprit des travaux d'agrandissement. Il était alors… non ! C'est un beau garçon et Rachel en tomba éperdument amoureuse. Sean n'était pas du tout réticent, même si nos parents ne devaient en aucun cas l'apprendre. Rachel était encore très jeune. Seuls, Sean et moi le savions et malheureusement aussi la meilleure amie de Rachel, la soeur de Priscilla, Emely, dont j'étais, moi-même, très épris. J'ai toujours trouvé Emely bien plus belle que sa soeur. Et surtout, c'était une personne si adorable, elle était au moins cent fois bien plus douce que Priscilla. Hélas, Emely n'a pas du tout pensé à mal et elle révéla à sa soeur ce petit secret. Priscilla alors mit tout en oeuvre pour séduire Sean et l'arracher froidement à Rachel. Qui plus est, elle dévoila tout à nos parents.

« Sean était ravi d'être ainsi courtisé par la très jolie

137

Priscilla. Il me laissa choir comme une vieille chaussette. Par conséquent, mes parents m'envoyèrent en internat. C'était le seul moyen pour que mes parents ne rendent pas la vie impossible à Sean », Rachel continua. Elle fit une petite pause.

Peu de temps après, Priscilla se lassa de son nouveau jouet et jeta son dévolu sur l'Indien. »

« Mr Divari, bien entendu », fit entendre Beanstock.

« Sean était profondément blessé. Je pense qu'il aimait vraiment Priscilla. »

« Ce n'est pourtant qu'une histoire banale, qui n'a rien d'extraordinaire, pardonnez-moi ma franchise ! », décocha alors Beanstock. « Pourquoi étiez-vous donc si furieuse le jour de la réception ? »

Le frère et la soeur échangèrent un regard interrogatif. De nouveau, Timothy l'encouragea d'un léger signe de tête. La voix de Rachel baissa la voix.

« Ce n'est un secret pour personne que Sir Percival a en vous une confiance absolue. Je peux donc vous confier cette erreur de jeunesse. Nos parents ne sont plus de ce monde. Ma mère, avec son attachement aux règles de bienséance victorienne, serait outrée par ma franchise. Par bonheur, je n'étais pas aussi dégourdie qu'aujourd'hui et j e n'y suis pas parvenue. En internat, j'ai tenté de mettre fin à mes jours. Le jour de la réception, j'ai essayé de confronter Priscilla avec cette histoire, mais elle était d'une telle arrogance. Elle m'a ri au nez et a même eu l'audace de prétendre que l'épisode avec Sean n'était qu'une blague. Elle s'était bien amusée. Et je devais cesser de me comporter de la sorte, en faisant toute une histoire. Pouvez-vous comprendre maintenant pourquoi j'étais hors de moi ! »

« Oh ! Je comprends maintenant un tas de choses. Je

sais pourquoi notre tenancier brillait par son absence, tout comme je peux m'imaginer pourquoi Mr Divari s'est comporté de manière si étrange. Je vous remercie pour votre sincérité. Soyez sans crainte, la discrétion est partie intégrante de ma philosophie de vie de majordome. »

Dr. Timothy Winterbottom prit sa soeur dans ses bras. Puis, il s'adressa au maître d'hôtel.

« Si ces confidences peuvent être d'un quelconque soutien pour les baronnets, alors cela valait la peine de remuer tout cela. Par-contre, je doute que cela puisse vous être d'une utilité particulière. Et si vous voulez maintenant nous demander si nous avons tous deux un alibi, nous n'avons absolument rien à voir avec sa mort. Libre à vous de le croire ou pas. Nous ne sommes pas rancuniers. Nous avons tout simplement pitié d'elle. »

Beanstock les salua.

« Pour l'instant, je ne peux encore rien dire. Je suis sûr et certain que la raison de sa mort remonte à son passé. Les fantômes de votre passé n'y sont pour rien. Au nom des baronnets, je vous suis infiniment reconnaissant. »

Beanstock quitta le cabinet et pria Gonzales de le conduire à la pharmacie.

La fille de Mr Hoppleton, le pharmacien, lui fit seulement savoir que Miss Hillman l'avait profondément blessée dans son amour-propre. Elle avait non seulement qualifié son apparence de mauvais goût et indécente, mais de plus, elle lui avait fait comprendre en termes on ne peut plus clairs qu'avec une voix comme la sienne, aussi agréable à l'oreille que le bruit d'une scie circulaire, elle n'avait pas la moindre chance de percer dans le monde du cinéma. Alors qu'il partait, Mrs Hoppleton avait encore ajouté, à voix basse, que le projet de leur fille d'aller à Hollywood, ce lieu damné de perdition était enfin réglé une fois pour toutes et toute la famille était soulagée.

Une fierté piétinée pouvait être un motif valable pour un meurtre, cependant Beanstock doutait que Pamela aille aussi loin. Néanmoins, qui pouvait rêver mieux qu'une pharmacie, regorgeant de poisons, pour se procurer du venin ou tout autre produit toxique ?

Le majordome songea à faire un saut dans le pub et abandonna très vite cette idée. Le sourire d'abord plein d'attente de Gonzales se transforma rapidement en un soupir résigné.

Il prit alors la direction de l'hôtel de golf. Cette prochaine étape pourrait être plus prometteuse. Après avoir opéré un virage en douceur, il arrêta la Bentley devant l'entrée de l'hôtel Rosebud aux façades d'un blanc chatoyant. Gonzales et Beanstock descendirent tous deux du véhicule. Le chauffeur sortit de la poche de sa veste un bel étui à cigares en cuir, pour allumer avec délectation un de ces magnifiques et délicats cylindres brun foncé.

« Je vous attends ici, Mr Beanstock, prenez tout votre temps ! », mâchonna Gonzales, le cigare dans la bouche.

Beanstock savait parfaitement qu'à cet hôtel le chauffeur était connu comme le loup blanc. La gent féminine de Parsley Field ne pouvait résister au charme de ce bel Espagnol, pensa Beanstock qui pénétrait dans l'entrée spacieuse, flanquée de part et d'autres d'imposantes colonnes. Beanstock se dit qu'il allait tirer profit de cette situation.

Le hall d'entrée de l'hôtel dégageait un charme authentique. Le sol recouvert de marbre d'un blanc lumineux s'étendait sur tout le rez-de-chaussée. On avait aménagé sur de somptueux tapis d'orient rouge vif plusieurs coins canapé, composés chacun d'un canapé douillet vermillon au tissu moelleux en peluche et d'une table basse en acajou poli autour de laquelle était placée une paire de confortables fauteuils couleur vermillon, eux aussi. Une lampe boule sur pied avec plusieurs globes de verre opaque art déco se dressait près de chacun des ensembles canapé-fauteuils. Chaque coin  de l'immense pièce était décoré de hauts vases incrustés d'où débordaient de luxuriants bouquets de roses au parfum enivrant.

Sur le mur du fond une porte vitrée haute en couleurs et à double battant s'ouvrait sur le restaurant de la maison.

Là, de hautes baies vitrées laissaient le regard balayer le paysage, jusqu'à l'immense terrain de golf qui s'étendait sous la lumière éblouissante du soleil matinal.

Contre le mur à gauche du hall d'entrée, se trouvait la réception, avec un comptoir spacieux en acajou. Derrière le meuble, sur le mur, les clés des chambres étaient suspendues à des crochets plaqués or. Le regard de Beanstock fut immédiatement attiré par ces clés.

Comme chaque matin, Mrs Partridge, la femme du facteur, se tenait à l'accueil. Elle ne remarqua la présence du majordome que lorsque celui-ci fut devant elle et s'éclaircit la gorge.

Au moment où elle leva les yeux des papiers qu'elle examinait, elle eut un sursaut de surprise. Beanstock enregistra aussitôt ses yeux rougis de larmes et son teint blême.

« Bonjour, Mrs Partridge. Vous allez bien ? Si je peux me permettre, vous semblez bouleversée. »

Mrs Partridge était une femme menue, au visage bienveillant à la chevelure brune, tombant en douces cascades sur ses épaules. La ressemblance avec sa fille, Phillis, était inouïe. « Mr Beanstock, qu'est-ce qui vous amène ici, à l'hôtel ? Tout va bien. Je suis simplement très attristée par

141

la mort de Priscilla. Et bien sûr, je suis rongée d'inquiétude pour ma petite Phillis, maintenant que la servante est morte, elle aussi. »

« Vous étiez employée chez les Hillman, n'est-ce pas Mrs Partridge ? »

« Oui, c'est exact. Je travaillais autrefois chez les Hillman comme bonne d'enfant. J'ai passé des moments inoubliables avec les deux fillettes. Par la suite, je me suis mariée et j'ai arrêté de travailler là-bas. »

Elle fixa le majordome, l'air dérouté. Elle semblait se demander pour quelle raison le majordome, d'ordinaire si réservé, posait tellement de questions.

« Sans vouloir être indiscret, avez-vous revu les enfants après cela ? »

« J'étais restée en contact avec les filles et je me suis efforcée de ne pas rompre ce lien, lorsqu'après cet effroyable accident de leurs parents, elles sont allées vivre chez leur tante. »

Mrs Partridge, fébrile, cherchait quelque chose dans ses papiers étalés sur le comptoir.

« Bon, alors, qu'est-ce que je peux faire pour vous ? » lui demanda-t-elle de nouveau.

« Si je peux me permettre encore une question, avez-vous eu l'occasion de connaître cette sinistre tante ? Lady Fedora a longtemps essayé de rester en relation avec sa filleule et elle a essuyé un refus sans appel de cette tante. »

Beanstock observait Mrs Partridge d'un regard curieux.

La réceptionniste ne détacha pas les yeux de ses papiers et réfléchit un moment, comme si elle cherchait à formuler sa pensée.

Beanstock était très surpris de sa réticence.

« En fait, je l'ai rencontrée à deux reprises. Une pre-

142

mière fois, dans son appartement de Londres et une autre, à la clinique de Bedlam, où la pauvre Emely était soignée et hélas trouva la mort. Cette tante est vraiment une personne très étrange. Si différente de son frère, Mr Hillman. Voilà tout… » Elle fit une courte pause, pendant laquelle elle se retourna vers le porte-clés mural et elle dut absolument trier les clefs à ce moment précis.

« Emely serait donc décédée à Bedlam ? », observa le majordome, surpris.

« Oui, c'est bien ce que j'ai dit. Je peux faire autre chose pour vous ? », demanda-t-elle, tournant toujours le dos à Beanstock.

« Je souhaiterais m'entretenir avec Mr Divari et sa secrétaire, si cela était possible. »

Mrs Partridge fit un signe de la tête, saisit le combiné du téléphone près d'elle. Elle appuya sur un des boutons, attendit, fit un sourire en coin au majordome et se tourna dans tous les sens, comme si regarder Beanstock lui était déplaisant. On entendit un grésillement dans la ligne.

Mrs Partridge fit part de la requête du maître d'hôtel et reposa le téléphone sur son socle.

« Vous pouvez parler à Mr Divari. Il vous reçoit dans son bureau. »

Elle leva la main et claqua des doigts à l'adresse d'un des pages de l'hôtel qui, désœuvrés, se prélassaient tous dans un coin. Un jeune homme au visage boutonneux vint immédiatement. « Accompagnez Mr Beanstock au bureau de Mr Divari. »

Le garçon s'inclina légèrement et fit signe à Beanstock de le suivre. Beanstock voulait prendre congé de Mrs Partridge, mais elle avait déjà disparu s'était éclipsé, utilisant une des portes derrière le comptoir de l'accueil.

« C'est curieux ! », pensa-t-il, « elle doit être vraiment très secouée par le décès de Miss Hillman. »

Il suivit le page, qui filait devant lui à si vive allure qu'il faisait penser à un terrier excité. Ils empruntèrent un large couloir, passant devant la cuisine d'où provenait un tintement métallique de poêles et de marmites. Une voix nasale et aigu, avec un fort accent français, lançait des ordres, qui claquaient comme des fouets dans la pièce et soulignait chacune des phrases d'un « vite ! vite ! » impérieux.

Le page frappa doucement à l'une des grandes portes sur sa gauche.

Une voix féminine se fit entendre: « Entrez ! »

Le page ouvrit la porte pour laisser passer le majordome, s'inclina avec un large sourire et tendit la paume de sa main ouverte. Beanstock lui adressa un regard avec un air d'incompréhension.

Entre-temps, Miss Summerset, la secrétaire, s'était levée du fauteuil derrière son bureau et s'approchait du majordome, un sourire sensuel sur ses lèvres rouge rubis.

Elle portait un costume près du corps dont la couleur évoquait l'herbe fraîchement coupée, des escarpins assortis aux talons vertigineux et avait posé sur sa splendide chevelure blonde et ondulée une pince à cheveux émeraude chatoyante. Le page comprit qu'il pouvait faire une croix sur le moindre pourboire et dévorait maintenant Miss Summerset du regard, sans retenue aucune.

« Vous n'avez rien d'autre à faire ? Alors ? Merci ! Vous pouvez disposer. »

D'ordinaire pâlottes, les joues du page s'empourprèrent, il s'inclina légèrement et fila.

« Mr Beanstock, que nous vaut cet honneur ? »

Beanstock s'éclaircit la voix.

144

« Il s'agit de la réception, Miss Summerset. Avec l'autorisation des baronnets Parsley, je m'efforce de vérifier certains détails, afin d'apporter ma contribution pour élucider les deux meurtres. Il est clair  que cela relève du travail de la police, mais l'honneur de nos seigneuries est en jeu. Vous pouvez certainement le comprendre. »

« Je n'ai pas connaissance que quelque chose de particulièrement singulier se soit produit ce jour-là, mais Mr Divari va vous recevoir avec plaisir, dans un instant. »

Miss Summerset partit en flottant dans les airs. Du moins, Beanstock avait l'impression que ses escarpins ne touchaient pas le sol, même si cela lui semblait absolument incompréhensible, du fait des talons d'au moins dix centimètres. Il parvint à grand peine à détacher son regard de cette dame, craignant de passer pour un goujat.

Peu après, la jeune secrétaire le pria d'un geste de la main d'entrer dans le bureau du propriétaire de l'hôtel.

Mr Divari, comme toujours très distingué dans son hôtel, Mr Divari était vêtu d'un élégant costume gris. Lorsque le majordome pénétra dans le bureau, ce dernier, courtois, se leva de son fauteuil et vint à son encontre, la main tendue.

« Mr Beanstock, comment se portent Milady et Sir Percival ? Disposez-vous déjà de nouvelles informations de la police ? »

Il l'invita d'un signe de la main à prendre place dans un des confortables fauteuils regroupés près de la cheminée.

« Je vous remercie d'accepter de me recevoir », répliqua Beanstock, en s'inclinant légèrement. « Je dois malheureusement vous apprendre que nous avons ici affaire à un meurtre. D'autant plus que notre servante, Bernice, a aussi trouvé la mort. L'inspecteur suppose, en s'appuyant sur le

145

premier rapport de la médecine légale, qu'il s'agirait très probablement d'un poison. Ils ne savent pas encore quel poison. »

Bouleversé, le propriétaire de l'hôtel recouvrit ses yeux de la main. La douleur causée par cette terrible nouvelle était manifeste.

« Miss Summerset, pourriez-vous nous faire apporter du café ? Vous prendrez certainement une tasse avec moi, n'est-ce pas ? », demanda-t-il à son vis-à-vis.

Beanstock esquissa un mouvement pour se lever, mais il se ravisa aussitôt qu'il lui vint à l'esprit qu'il n'était pas ici le majordome et donc apporter le café ne lui incombait pas.

« Je souhaite apporter mon concours, Mr Divari. C'est la raison pour laquelle je suis ici aujourd'hui. Je voudrais reconstruire la journée de la réception. J'ai l'intime conviction que je me rapprocherai ainsi de la vérité. Comment cette journée s'est-elle déroulée pour vous ? Vous pourriez me faire part de vos impressions ? »

Entre-temps, Miss Summerset était de retour et un serveur apporta peu après un plateau en argent étincelant sur lequel étaient posées une carafe en argent, elle aussi et d'où s'échappaient des effluves de café, de délicates tasses rose pâle et une élégante étagère argentée, débordant de friandises en tous genres.

Miss Summerset servit le café, s'enquit auprès de Beanstock, s'il souhaitait du sucre et du lait. Il répondit par l'affirmative et elle lui tendit la tasse, son fameux sourire charmeur aux lèvres.

Mr Divari invita sa secrétaire à prendre également place.

Il s'adossa à son fauteuil.

« Eh bien, comment décrire cette journée ? En fait, je

146

n'avais pas l'intention de m'y rendre. Trop de souvenirs déplaisants, vous comprenez ? Miss Summerset me fit changer d'avis. Je pris la résolution de ne pas échanger un seul mot avec Miss Hillman. Mais rien ne se passa comme prévu. Elle s'approcha de moi, souriante et l'espoir timide germa en moi qu'elle éprouvait encore de tendres sentiments pour moi. »

Du coin de l'oeil, le majordome perçut un mouvement. Il vit que Miss Summerset tenait les poings bien serrés.

Davinder Divari continuait son propos.

« Priscilla, qui a changé son prénom contre Inga, me pria de l'accompagner dans le jardin. Dans mon euphorie, j'ai alors tenté de la persuader que mes sentiments pour elle étaient encore intacts et qu'elle m'avait terriblement manqué. J'avais essayé à de multiples reprises de prendre contact avec elle, mais mes tentatives étaient demeurées sans réponse de sa part. Je m'étais lourdement trompé. Lorsque je lui ai livré mes sentiments, elle a éclaté franchement de rire, sans pouvoir s'arrêter. Elle m'expliqua que cela appartenait au passé et elle avait à l'époque tout simplement songé à s'amuser. C'était à n'y rien comprendre. Vous rendez-vous compte, Beanstock ? Je l'ai sincèrement aimée et je voulais passer ma vie avec elle. Il s'en fallut de peu, à l'époque, qu'il n'y eût une rupture avec ma famille. »

Il se tut, prit sa tasse de café, se leva de son fauteuil et laissa son regard errer par la fenêtre au-delà du terrain de golf, sur lequel jouaient déjà quelques clients.

Beanstock regarda la jeune femme. Il vit immédiatement qu'elle se faisait du souci pour son employeur. Leur relation serait-elle autre que purement professionnelle ? Ou était-ce à sens unique ?

« Si je peux me permettre, Miss Summerset, j'ai

observé, ce jour-là, que vous étiez très agitée, lorsque vous êtes rentrée du jardin. Vous êtes-vous également entretenue avec Miss Hillman ? »

Elle jeta un regard inquiet à Mr Divari.

« Je l'ai interpellée. Et je n'éprouve pas la moindre pitié, je suis désolée. »

Mr Divari arracha son regard de la fenêtre et se retourna, regardant sa secrétaire, le visage stupéfait.

« Que venez-vous de dire, là ? », demanda-t-il.

Elle marqua une courte hésitation et parut se sentir tout à coup extrêmement mal à l'aise. Beanstock remarqua son visage devenir blême.

« Je lui ai fait clairement comprendre que vous, Mr Divari, êtes trop bien pour elle. Je lui ai dit qu'elle n'avait qu'à déguerpir à Hollywood et s'amuser là-bas à ses petits jeux avec les hommes. J'ai tout de suite reconnu le vrai visage de cette hypocrite: uniquement soucieuse de son propre intérêt et se jouant des sentiments d'autrui. C'est exactement ce qu'elle a toujours fait. Enfant déjà, elle était d'une incroyable suffisance. C'était vraiment une… » Elle ne termina pas sa phrase, afin de ne rien dire de déplacé.

Beanstock souleva un sourcil surpris. Voilà une personne qui était éperdument amoureuse de son employeur. Il en avait pris conscience avant le bien-aimé en question. Mr Divari regardait sa secrétaire, comme s'il la voyait pour la toute première fois.

« Et si vous voulez me congédier à présent, c'est comme ça. Je ne peux rien y changer. Je ne pouvais plus endurer cette situation pitoyable. Le socle sur lequel vous aviez élevé cette traînée était d'un ridicule. Toutes ces années, pendant lesquelles vous avez tant souffert, alors qu'elle n'avait pas même une pensée pour vous. »

148

Elle quitta précipitamment la pièce, en proie à une vive émotion.

Davinder Divari était sans voix. Beanstock but son café et se leva rapidement.

« Oui, Mr Divari, je crois que nous avons là un tout autre problème que le meurtre à Miss Hillman. Je pense que vous êtes bien chanceux, si je puis me permettre, Mr Divari. Je souhaite maintenant prendre congé et je vous remercie pour vos renseignements. »

Le propriétaire de l'hôtel raccompagna le majordome dans l'antichambre, où sa secrétaire était occupée à débarrasser son bureau et jetait tout, pêle-mêle, dans un carton.

« Que faites-vous là, Miss Summerset ? », la questionna Davinder Divari.

« Qu'est-ce qu'il me reste à faire, si vous me renvoyez ? Je vous comprends parfaitement. » Et à voix basse, elle ajouta : « Comme je l'ai toujours fait… »

Mr Divari se précipita vers elle, la prit dans ses bras et la tint ainsi, serrée contre lui, de longues minutes. Les larmes, qu'elle s'était efforcée de retenir, jaillissaient maintenant et se frayaient un chemin, entre son maquillage.

Beanstock sourit.

« *Eh, bien ! Il semblerait que mes questions aient eu pour effet de faire naître une romance. Voilá qui est réjouissant !* »

En parfait gentilhomme et irréprochable majordome, il sortit de sa poche un mouchoir d'une blancheur immaculée et le tendit à la jeune femme, en détournant galamment son regard.

« Commander de nouveaux mouchoirs », murmura-t-il et il nota cela dans un recoin de sa mémoire prodigieuse. Il quitta la pièce sans bruit et laissa les deux tourtereaux seuls, ils avaient tant à se raconter.

Quand il traversa le hall, pour se diriger vers la sortie, il jeta un regard rapide à Mrs Partridge, afin de prendre congé d'elle. Cependant, la réceptionniste détourna en toute hâte le regard et s'éclipsa dans l'arrière-salle. Beanstock fit une nouvelle notice dans son esprit.

Lorsqu'il parvint à la Bentley, il ne vit aucune trace de Gonzales. Il entendit des buissons près de l'entrée quelqu'un pouffer de rire.

Il toussota bruyamment et immédiatement deux têtes surgirent de derrière l'angle de l'hôtel.

Gonzales souriait à une camériste, une jeune fille, jolie comme un coeur, qui remit un peu d'ordre à ses cheveux décoiffés et disparut, après une courte révérence.

« *Señor* Beanstock ? »

« Gonzales ? »

« Comment ça s'est passé, *Señor* ? »

« Je suis satisfait. Gonzales, nous rentrons. »

Comprenant qu'il n'aurait pas plus d'informations, Gonzales démarra.

« *Maldito !* », murmura-t-il et il se mit, au grand étonnement de Beanstock, à chanter à tue-tête une chanson en espagnol.

« Chantez, *Señor* ! Ça calme les nerfs. Allez, chantez donc ! »

Le majordome contempla, avec un sentiment mitigé, le chauffeur, à ses côtés, gai comme un pinson. C'était vraiment admirable! Malgré les évènements tragiques survenus autour de lui, cet homme-là pouvait encore chanter et ressentir de la joie. Beanstock sortit de la poche de sa veste un petit carnet de notes noir et commença à écrire les éléments recueillis ce matin.

« *Ay, ay, ay, ay, ay, mi moreña de mi* corazón » ,chantait-il à gorge déployée et la vitre du conducteur grande ouverte à l'adresse des habitants de Parsley Field, alors que la Bentley traversait le village.

Devant son pub, Sean était perché sur une échelle et astiquait sa nouvelle enseigne de couleur verte sur lequel étaient inscrits en caractères dorés *Jack O'Lantern.* Il se tourna vers son ami Gonzales et le gratifia d'un grand sourire amusé.

La vieille Mrs Pommerton avait fait ses courses et marchait, son panier plein de victuailles. Lorsqu'elle entendit la voix vibrante du chauffeur, visiblement saisie de peur, elle tressaillit. Beanstock se pencha à la fenêtre et fit un geste de la main, pour s'excuser. Ses vociférations scandalisées se noyèrent dans le chant de Gonzales.

Arrivés devant l'entrée du manoir, ils y trouvèrent le véhicule de la police. Beanstock descendit de la Bentley et Gonzales conduisit la voiture dans le garage.

« C'est quand vous voulez, Señor Beanstock ! Ahhhh ! Jouer au détective… *trae alegría, Maldito !* », lança-t-il au majordome.

Beanstock entra dans le salon, où l'inspecteur Greenwood s'entretenait avec les baronnets. Il salua l'assistance en s'inclinant légèrement.

Lady Fedora s'adressa instantanément à son majordome.

« Imaginez un peu! L'inspecteur pense que le poison en question est un poison hautement concentré du nom de ricine. Avez-vous jamais entendu qu'un extrait de la plante de ricin était extrêmement toxique ? Quelle horreur ! Ma pauvre petite Priscilla et notre Bernice… Quel drame ! »

Sir Percival, réfléchissant sur sa consommation en huile

de ricin, ces derniers jours, avala sa salive en déglutissant bruyamment et se versa une généreuse rasade de Whisky.

« Chéri, l'inspecteur vient à l'instant de t'expliquer que l'huile de ricin est tout à fait inoffensive », expliqua Milady à son époux. « Maintenant, l'inspecteur voudrait savoir si nous faisons pousser cette plante dans notre jardin. Vous pouvez, bien-sûr, vous assurer par vous-même que nous n'en avons pas ici. Beanstock, chargez-vous d'accompagner l'inspecteur dans notre jardin et ainsi lui démontrer l'exactitude de mes dires. »

Ensuite, elle ajouta plus pour elle-même : « Un ouvrage sur les plantes toxiques. Je devrais peut-être l'envisager ? »

Sir Percival déglutit de nouveau bruyamment, regarda Junior, allongé à ses pieds, lui souffla quelques mots dans les oreilles et s'éclipsa avec le petit chien, qui remuait joyeusement de la queue, tous deux ravis de la longue balade qui les attendait.

Beanstock se rendit dans le jardin avec l'inspecteur.

« Je suis curieux, Sir », dit le majordome, en s'adressant au policier, qui marchait, silencieux à ses côtés. « Comment a-t-on trouvé qu'il s'agissait d'empoisonnement ? »

« Notre médecin légiste, le Dr. Seeker, a fait des prélèvements sur l'estomac. Lorsqu'il y a présence de poison, grâce à une certaine substance, on peut alors observer une réaction chimique colorée caractéristique. Il a immédiatement exclu l'arsenic et la strychnine, puisqu'il existe depuis des décennies une méthode pour en déceler la présence. »

« Je ne comprends toujours pas comment ce poison-là lui est venu à l'esprit, la ricine ? Je n'en avais jusque-là jamais entendu parler. Comment extrait-on cette toxine ? Cela n'est-il pas particulièrement complexe et laborieux ? Et cela nécessite des connaissances spécifiques, non ?

Comment peut-on en détecter la trace ? A-t-on besoin d'un procédé déterminé ? Vous avez là un spécialiste brillant à Londres, si je puis me permettre, Sir. Donc, le poison a été inhalé par les poumons. C'est incroyable qu'une telle chose soit possible. »

« Cela mis à part, vous n'avez pas d'autre question ? », observa l'inspecteur, grinçant. « Eh bien soit ! Ce produit toxique, la ricine, dont la concentration maximale se trouve dans les fèves et les coques du ricin, est isolé. C'est ce que j'ai compris. Il semble que ce soit un procédé assez délicat. Voilà la réponse à votre question. Oui, la personne dont il s'agit a les connaissances requises. Et pour obtenir un effet aussi foudroyant qu'avec les deux victimes, soit le poison a été utilisé à très forte dose, soit il a été associé à une autre substance, puisque ce poison n'entraîne la mort qu'après quelques jours. C'est ce que m'a également appris le docteur.

Il a trouvé des traces de morphine, mais étant donné que les deux femmes étaient jeunes et saines, elle seule n'aurait pas nécessairement été fatale. C'est en constatant l'état du tissu pulmonaire et les valeurs sanguines qu'il put faire le lien avec une toute autre enquête, pour laquelle on avait fait appel à lui, en sa qualité d'expert en toxicologie. Après la fin de la guerre, il avait été trouvé dans un ancien dépôt à Londres d'étranges échantillons, qui ont été identifiés comme étant de la ricine.

Les enquêtes réalisées ont fait le jour sur des expérimentations d'ordre militaire faites pendant la guerre. Cet entrepôt avait été livré à l'abandon. Les documents trouvés démontrent l'existence sans équivoque d'autres échantillons de cette substance. Mais tout à coup, ce fut un secret d'état. Vous comprenez ? Le M16 a confisqué tous les

153

documents relatifs à ce poison. Mais, comme vous l'avez constaté vous-même, notre médecin légiste est un gars futé. Il a pu, autrefois, sauver certains documents pour faire des recherches personnelles. Parmi ces papiers, se trouvaient des clichés d'organes empoisonnés. Vraiment dégoûtant ! En revanche, il adore son travail ! L'état, donc, du tissu pulmonaire, les valeurs sanguines et, pour finir, les comparaisons avec la documentation photographique ont permis de conclure à l'intervention de ricine. »

Beanstock n'était pas encore satisfait.

« Comment veut-il en apporter la preuve, inspecteur ? Ce ne sera pas chose aisée. Je doute qu'un juge reconnaisse ces photographies. »

L'inspecteur Greenwood leva les yeux au ciel et s'immobilisa.

« Mr Beanstock, ce que vous voulez savoir va un peu trop loin. Réjouissez-vous, si malgré tous ces drames, j'espère tout de même être encore considéré comme un ami des baronnets. Un autre policier que moi vous aurait envoyé paître. C'est contraire à votre nature de ne pas vous mêler de tout, j'ai raison ? Croyez-vous que je ne sais rien de vos interrogatoires. »

« Je vous suis extrêmement reconnaissant pour votre franchise, Sir. Vous devez néanmoins savoir que je ferais tout pour mes employeurs. »

« Bien sûr, Je le sais. Et c'est tout à votre honneur. Et si je vous ai livré toutes ces informations, c'est uniquement parce que je sais pertinemment qu'avec vous elles sont bien gardées. En fait, il n'existe aujourd'hui aucune méthode d'analyse chimique qui permette de détecter la ricine dans le corps. Tout ceci est le résultat du flair remarquable de notre médecin légiste et de la sauvegarde de toutes ces pièces relatives à l'effet produit par ce poison, sorti tout droit des enfers. Le Dr. Seeker me confia que s'il avait eu un seul des échantillons de la ricine utilisée, il aurait pu alors sans le moindre doute établir le lien avec ces deux meurtres et il nous aurait fourni une preuve irréfutable de l'implication directe de ce poison, qui a provoqué la mort de ces malheureuses. J'ai entièrement confiance en notre médecin légiste et en sa perspicacité. Maintenant, nous devons débusquer notre assassin, trouver un échantillon du poison et nous aurons ainsi la preuve qui sera alors recevable par le tribunal. »

Entre-temps, ils étaient arrivés à la serre et Beanstock appela le jardinier. Mortecai fut le premier à apparaître. Il renifla l'inconnu, décida qu'il était inintéressant et fila vers les parterres de fleurs. Il avait des choses à faire qui ne regardaient que lui seul. Le jardinier, muni d'un râteau et coiffé d'un chapeau de paille, sortit de la serre.

« Qu'est-ce que je peux faire pour ces messieurs ? », interrogea t-il prudemment.

« Y a-t-il dans cette serre, dans le jardin ou en votre possession propre une plante de ricin? Avez-vous connaissance, si on la fait pousser dans les environs de Parsley Manor ? »

Beanstock regarda l'inspecteur avec une curiosité non déguisée. Cette question, posée à quelqu'un de simple comme le jardinier, pouvait le perturber.

« Quoi ? », demanda-t-il, effrayé. Le majordome, voyant que Herringbone se tenait devant lui, les mains tremblantes et les yeux grands ouverts, s'empressa de prendre la chose en main.

« Donc, Herringbone, pousse-t-il ici, dans le jardin des baronnets une plante de ricin ? »

« Non », marmonna t-il.

« Avez-vous une telle plante dans votre serre ? »

« Non. »

« Connaissez-vous quelqu'un qui en a une ? »

« Non. Elle ne peut pas pousser ici. »

« Comment ? », sursauta l'inspecteur.

« En fait, il faudrait la planter à nouveau chaque année. Peut-être qu'elle pourrait alors pousser. Mais à vrai dire, cette plante ne peut grandir que sous les tropiques. Elle peut même atteindre plusieurs mètres. Je crois qu'il s'agit d'une variété de l'euphorbe, elle ne se sent pas chez elle, ici. C'est comme ça. »

« Peut-être sous serre ? », questionna Beanstock.

« Cela pourrait marcher, mais c'est très compliqué. A ma connaissance, personne, dans les parages, ne s'y est essayé. Et en plus, … » Il s'interrompit.

« En plus ? », demanda l'inspecteur.

« On doit disposer d'un sol adapté. Dans notre région il n'est pas propice à l'euphorbe. »

Beanstock et l'inspecteur se regardèrent, sans voix, les yeux écarquillés.

L'inspecteur remercia Herringbone et les deux hommes, perdus dans leurs pensées, prirent le chemin de la maison.

Herringbone, s'appuyant contre son râteau, les regarda en secouant la tête. Mortecai était de retour de son expédition, il se frotta contre les jambes du jardinier, ronronna et leva les yeux vers celui qui le nourrissait. L'homme se baissa, le caressa en souriant et lui dit: « Ah ! Ces jardiniers amateurs, qui ne connaissent rien aux plantes, n'est-ce pas, mon ami ? Que dirais-tu maintenant d'un bol de lait ? » Mortecai parut satisfait de cette idée, d'autant plus qu'il venait de voir Junior, son ennemi numéro un.

Il courut vite dans la serre, devançant le jardinier.

L'inspecteur fut le premier à rompre le silence et il marmonna : « Ce n'était qu'une idée comme ça. Je voulais simplement savoir si on pouvait trouver cette plante ici. Ce n'était pas une très bonne idée. »

« Pas nécessairement, Sir. Si nous pouvons exclure que quelqu'un peut disposer de cette plante ici, alors ce poison, s'il s'agit bien de ricine, est venu de l'extérieur. Nous n'avons pas vraiment d'autres options, il me semble. Avez-vous pu exclure une implication du pharmacien ? Nous aurions en lui un candidat qui serait familier avec ces choses-là. »

« Le constable, en ce moment-même muni de plusieurs mandats de perquisition et appuyé par quelques collègues de Londres, fouille la pharmacie et bien sûr le domicile des Winterbottom. Le Dr. Seeker, notre médecin légiste, est lui-aussi sur place. Le constable Donegal supervise l'ensemble. Je n'ose même pas penser à ses notices débridées et interminables. Il faudra que je les lise entièrement aujourd'hui. A vrai dire, je voulais me présenter personnellement chez les baronnets, pour apaiser la situation.

Vous me comprenez ? »

A ce moment précis, l'inspecteur se rappela qu'il s'entretenait avec le majordome.

« En fait, cela ne vous concerne pas du tout, Mr Beanstock. Vous me rendez fou avec toutes vos questions. Je vous le répète, ne vous en mêlez plus. Si vous deviez remarquiez quoi que ce soit, faites le moi savoir et surtout n'entreprenez rien de votre propre initiative. Vous voyez comme c'est risqué. Je suis persuadé que Bernice est morte, soit par hasard, soit parce qu'elle en savait trop. »

Beanstock hocha la tête en signe d'assentiment.

« Je crois que toutes deux sont mortes, parce qu'elles ont fumé. Vous avez bien dit que les poumons des deux femmes étaient pleins de ce poison. On peut dire que la cigarette a planté le dernier clou dans le cercueil. Le poison se trouvait à l'intérieur. C'est vraiment étrange qu'on n'ait pas trouvé un seul mégot près du corps de Bernice. L'assassin a dû les prendre. Mais pour quelle raison s'est-il emparé d'eux ? »

Le majordome hésita un court instant. Il se concentrait et plissait les yeux. Il venait de se rappeler un détail. Où se trouvaient les cigarettes de Miss Hillman ? Elles ne pouvaient être que dans sa  chambre et constituaient donc un élément à charge. En tout cas, l'équipe de préservation des indices et des traces n'avait pas pris les cigarettes. Le majordome avait été particulièrement attentif.

L'inspecteur Greenwood ne remarqua rien et Beanstock continua.

« Nous avons encore les vieux entrepôts de Londres. Qui y était autrefois lié ? Si nous savons qui a expérimenté avec cette substance, alors peut-être aurons-nous déjà le nom du coupable. »

« Vous êtes vraiment quelqu'un de perspicace, Beanstock; par-contre, vous pouvez oublier votre « *nous* » et vite », grommela l'inspecteur.

## DES RENCONTRES ENIGMATIQUES

Après le déjeuner, le calme revint à Parsley Manor.

Mr Van Horten se retira dans la bibliothèque, afin de passer quelques coups de fils urgents. Après un échange enflammé, l'inspecteur lui avait fait comprendre en termes on ne peut plus clairs qu'il devait encore rester. Libre à lui, toutefois, s'il le désirait, de consulter son avocat, mais l'inspecteur n'aurait aucun mal à obtenir du juge des référés une injonction provisoire pour contraindre l'éditeur à ne pas quitter ces lieux. Mr Van Horten avait le choix d'en faire un problème ou pas. L'éditeur, froissé et furieux, accepta à contrecoeur. Cependant, on ne pouvait pas exiger de lui qu'il restât longtemps dans ce trou perdu, car du travail l'attendait dans sa maison d'édition.

Lady Fedora prit l'expression « trou perdu » comme une attaque personnelle et n'accorda même plus un regard à son éditeur. Elle n'était plus tout à fait sûre, après les évènements et discussions des derniers jours, d'être encore satisfaite avec cette maison d'édition. Son époux était du même avis et il lui avait recommandé de prendre contact avec un autre éditeur. Puisqu'avec chaque livre, ainsi en avait décidé Mr Van Horten, un nouveau contrat était conclu, alors cela ne devrait pas poser de problème, de se réorienter. Elle pouvait toujours se fier à son mari et ses conseils. Il l'avait toujours conseillée judicieusement.

Sir Percival avait cédé, pour les prochains jours, sa salle de travail à Mr Van Horten et l'avait assuré de toute l'aide nécessaire.

L'inspecteur avait annoncé, par coup de fil, la veille, que les corps des deux jeunes femmes étaient rendus à leurs familles respectives pour qu'elles puissent procéder aux funérailles. L'avocat de la famille Hillman, Mr Pridges, de l'illustre cabinet londonien Pington, Pington et Pridges n'avait soulevé aucune objection. Cependant, pour la lecture du testament, il fallait encore attendre, étant donné que la situation était compliquée. On devait tenir compte, d'une part, de la fortune de la famille en Angleterre, et d'autre part des actifs financiers outre-atlantique.

L'avocat s'était chargé des documents et autres autorisations. Lady Fedora put, ainsi, organiser les obsèques. On n'avait pu trouver, ni pour Priscilla Hillman, ni pour la malheureuse Bernice de parents. Quelle tristesse!

Le révérend Wilson était attendu dans l'après-midi. Les deux défuntes furent inhumées dans le cimetière de Parsley Field ; Priscilla gisait maintenant auprès de sa soeur et de ses parents.

Après une courte sieste, milady se rendit au salon. Beanstock était occupé à dresser la table pour le thé de l'après-midi. Il se chargeait de cette tâche qui incombait en temps normal à Bernice. Lorsque Lady Fedora le vit, elle saisit son mouchoir pour essuyer une larme.

« C'était une petite si mignonne, si gentille. Bernice me manque, Beanstock. »

Le majordome, bouleversé, se tut. Mrs Argyle apparut à la porte du salon, une étagère avec des tranches de gâteau et ces sandwiches juteux au concombre dont raffolait le révérend. Elle la plaça sur la table et fit une courte révérence à l'adresse du majordome.

« Nous avons dressé la table du salon, Milady, car il

semble que le temps soit à la pluie, et la terrasse ne serait pas indiquée. Avec votre permission ! »

Lady Fedora approuva d'un signe de tête.

« Peut-être est-ce un peu prématuré, Milady, mais nous devrions envisager d'embaucher une nouvelle servante. Je suis désolée. Nous en avons expressément besoin. » La gouvernante s'était efforcée de s'exprimer avec beaucoup de prudence, afin de ne pas paraître sans coeur.

Lady Fedora prit une profonde inspiration, avant de répondre.

« Bien sûr, je comprends tout à fait, Mrs Argyle. Faites le nécessaire. »

« Merci, Milady ! »

« Ah! A propos, Mrs Argyle, de la chambre… », elle fit une courte pause. « … la chambre de Priscilla … il faudrait emballer ses affaires et ses vêtements. Je souhaite m'en charger personnellement, avec l'aide de Filomène. »

« Bien sûr, Milady. Je vais la prier de vous prêter main-forte. »

Beanstock avait fini son travail au salon et s'apprêta à aller à la cuisine, pour vérifier les préparatifs du dîner. Avant tout, il voulait demander à Filomène, maintenant que l'accès à la chambre de Miss Hillman était permis, de regarder si le paquet de cigarettes s'y trouvait.

« Au fait, Beanstock, pouvez-vous vous rendre dans la boutique de Mrs Bloom, elle a appelé, pour nous signaler que les faire-part de décès étaient arrivés. »

« Avec plaisir, Milady. »

Et pour la deuxième fois de la journée, Gonzales conduisit Beanstock en Bentley. « On va où, cette fois-ci ? On va de nouveau espionner? »

« Premièrement, Gonzales, nous allons chez Mrs

Bloom. Et deuxièmement, je n'espionne pas. Je laisse cela aux services secrets de Sa Majesté. Je recueille des informations, afin d'élucider deux crimes perfides. Allons-y ! »

Gonzales sourit jusqu'aux oreilles.

« *Diablito !* On chante comme ce matin ? Ça fait monter le suspense, comme dans les vieux films avec Señor Bogart. »

« Si vous n'y voyez aucun inconvénient, je préfère ne pas chanter. »

« *Lástima !* Comme vous voulez… Ce n'est pas aussi amusant ! »

Gonzales enclencha la vitesse et la Bentley se lança vers la sortie. Tout à  coup, et de manière imprévisible, le chauffeur freina. Les yeux écarquillés, il fixait son rétroviseur. Beanstock, qui avait été légèrement propulsé à l'avant, lui jeta un regard courroucé. Ce n'est que lorsqu'il réalisa que le rétroviseur devait trahir quelque chose d'anormal, qu'il se retourna. Le jardinier avait surgi du jardin derrière eux.

Le visage rouge de colère, avec une personne empoignée au collet. Au cou de cet homme, un appareil photographique suspendait. Le jardinier, menaçant, agitait avec son râteau et sa voix scandalisée leur parvenait aux oreilles. Beanstock descendit du véhicule.

« Mr Herringbone, que se passe-t-il ? »

« Imaginez un peu, Mr Beanstock ! Ce petit fouineur a piétiné mes splendides giroflées en fleurs. Je l'ai surpris, qui traversait en douce le jardin et s'apprêtait à enjamber le muret à l'arrière de la véranda. Ce faisant, il a écrasé mes… » Il s'éclaircit la gorge. « … je veux dire, les fleurs de Milady. »

Le majordome fit quelques pas pour observer l'homme

162

chétif, qui se débattait, essayant de se libérer de la poigne du jardinier. Son costume marron râpé à carreaux était sale et avait connu des jours meilleurs. L'escalade du parapet et son excursion dans le jardin avaient souillé ses chaussures et un bouton manquait à sa veste. Il ne portait pas de chapeau, ce qui eût été préférable au spectacle des cheveux emmêlés, formant un pitoyable amas grossier et gras audessus de sa calvitie. Beanstock eut besoin de quelques secondes pour enregistrer tous ces détails.

« Il me semble vous connaître, ou est-ce que je me trompe ? Il y a quelques jours, je vous ai chassé du terrain. Il n'y a plus rien à voir ici et j'exige de vous que vous respectiez le droit des baronnets à leur intimité. Si par malheur, je devais à nouveau vous voir dans les parages, je n'hésiterais pas à porter plainte contre vous. »

Herringbone lâcha l'homme à contrecoeur. Le journaliste ajusta ses vêtements et retrouva immédiatement la parole.

« Hé, monsieur ! Estimez-vous heureux si je ne vous poursuis pas en justice. C'est mon meilleur costume et je ne fais que mon travail. Inga Hillman était une grande actrice à Hollywood et les lecteurs veulent avoir des frissons. »

Entretemps, Gonzales s'était joint à eux et il empoigna l'homme au revers du costume, le hissa jusqu'à lui et le rapprocha tout près de son visage. Les jambes du journaliste s'agitaient en vain, battaient l'air et son visage devint rose pâle.

« *Vete al infierno, Diablito !* Ou veux-tu que je te montre à quoi ressemble l'enfer ? » Les mots sifflaient dans la bouche de l'Espagnol, furieux, aux lèvres serrées et dont le visage était à seulement quelques millimètres du sien.

Puis il le déposa et le lâcha. Le journaliste partit à toute allure, sans demander son reste. Tout à coup, comme par enchantement, le compartiment film de son appareil s'ouvrit et la pellicule s'échappa et se déroula alors, en ondulant, semblable à une guirlande. Gonzalès eut un sourire malicieux.

« Il ne montrera plus le bout de sonnez, ici », assura le jardinier, satisfait.

« *Moscardón !* », cria le chauffeur au journaliste, au loin.

« Quoi ? », demanda le jardinier.

« Mhhhhh! Comment on dit chez vous ? » Gonzales se concentra et un pli profond se creusa entre ses yeux, « Euh! Ce petit insecte dégoûtant, vert, qui bourdonne… »

« Une mouche à viande ! », rétorqua le majordome, qui alla d'un pas rapide vers la voiture, pour éviter que ces messieurs ne remarquent l'expression de satisfaction sur son visage. Les deux hommes échangèrent un regard amusé. Herringbone retourna, en sifflotant, à ses giroflées écrasées et Gonzalès, s'assit au volant de la Bentley, en fredonnant une chanson.

« Je vous félicite, Señor Gonzales », murmura Beanstock.

Gonzales, qui pour la première fois entendit le majordome s'adresser à lui, en l'appelant « *Señor* », comprit immédiatement qu'il avait fait quelque chose de très bien et un sourire éclaira son visage tout au long du trajet jusqu'à Parsley Field. Beanstock autorisa même le chauffeur à s'arrêter au pub.

« Pourriez-vous m'attendre chez Mr O'Donoghue ? » lui lança-t-il, avec un clin d'oeil complice.

Gonzales sourit jusqu'aux oreilles, en pensant au verre qu'il allait boire chez son ami Sean. C'est vrai, ils n'avaient pas encore trinqué à la belle enseigne toute neuve au-dessus de l'entrée. Se frottant les mains, il disparut dans le pub. Il était conscient que ce moment unique où Beanstock, ce majordome si à cheval sur les principes, lui avait autorisé à boire un coup dans le pub, ne se reproduirait pas de si tôt.

Beanstock, de son côté, fit les quelques pas qui le séparaient de l'épicerie de Mrs Bloom. Il grimpa les deux marches menant au magasin.

Mrs Bloom, affairée, faisait des allées et venues entre un énorme carton et une haute étagère blanche. Et à chaque va-et-vient, elle y plaçait de nouveaux bocaux. Des bocaux à bonbons multiples et variés, grands, petits, fins, épais, aux lignes courbes et bombés, avec un lourd couvercle sur le dessus. D'aucuns étaient déjà remplies de bonbons et la vieille dame aux cheveux blancs souriait, bienheureuse. Sur son front perlaient déjà quelques gouttes de sueur. Elle avait attaché à son tablier rose une ficelle rouge à laquelle pendait une paire de ciseaux. Elle sortait maintenant des sachets d'un autre carton plein des sucreries préférées de tout le pays, et les ouvrait habilement à l'aide de ses ciseaux. Elle les découpait et en déversait le contenu dans les bocaux qu'elle soulevait alors avec une infinie précaution, pour les ranger à la place qui leur était réservée, sur les étagères. Ensuite, elle posait sur chaque bocal une étiquette à l'écriture fine. Beanstock suivait son effervescence avec fascination.

« Mrs Bloom, qu'avez-vous de beau ? », questionna-t-il enfin.

La vieille dame se redressa et s'aperçut alors de sa présence.

« Oh, Mr Beanstock ! Excusez-moi. J'étais plongée

dans mon travail. Regardez donc ! »

Les yeux agrandis de fierté et les joues roses d'excitation, Mrs Bloom lui montrait ses nouvelles acquisitions.

« Des bonbons acidulés, aux fruits, du caramel mou, du caramel au beurre, des bonbons blancs ou verts à la menthe, des confiseries aux mille et une saveurs, ce sont les toutes nouvelles friandises que je propose. Elles sont enfin là. Depuis des semaines, j'étais à l'affût, dès que Mr Partridge pénétrait dans mon épicerie. C'est ainsi, de nos jours, toute chose demande du temps. Mr Percival m'avait gentiment donné cette adresse à Londres. Vous vous souvenez. En période de rationnement en sucre, cela tient du miracle. Et regardez donc ces magnifiques bocaux. Spécialement conçues pour moi, Mr Beanstock ! L'artisanat et le savoir-faire anglais dans toute leur splendeur. »

Tout en prononçant ces derniers mots, elle avait croisé les bras contre sa poitrine dans une attitude de défi et lançait un regard noir au-delà du comptoir. Le majordome était bien sûr au fait de la concurrence farouche à laquelle se livraient les dames Bloom et Hoppleton.

Beanstock s'approcha de l'étagère, pour scruter les bocaux et découvrit  la mention d'origine passant presque inaperçue… *Made in Italy.*

Mrs Bloom retourna prestement le bocal. « Comme je disais, de l'excellent travail anglais. »

Beanstock s'éclaircit la gorge.

« C'est très bien. Vous allez sans aucun doute devenir la coqueluche de la contrée. Lady Fedora a commandé des faire-part de décès. Je voudrais les récupérer, si cela vous convient. »

« Un moment. Je vais les chercher sur le champ. » Elle s'éloigna de sa démarche légère vers l'arrière-boutique.

Après un court instant, elle réapparut, tenant un carton qu'elle ouvrit.

« Regardez comme ces cartes sont superbes ! Je les ai fait imprimer là-même où j'avais déjà fait faire les invitations pour la réception. Il s'agit d'une imprimerie qui possède un véritable savoir en artisanat anglais traditionnel. Conformément à ce que nous souhaitons ici ! Dites-moi, il me semble que vous avez oublié quelques invitations pour cette fête, non, Mr Beanstock ? Ah, oui ! Un livre est également arrivé pour vous. »

Sur ce, elle s'éclipsa de nouveau dans son arrière-boutique, laissant un majordome interloqué. Il ne parvenait pas à comprendre ce qu'elle avait insinué avec des invitations oubliées. Lorsqu'elle fut de retour et qu'elle posa le livre sur le comptoir, il l'interrogea.

« Je pensais aux Partridge. Pourquoi ? Quand j'ai vu Mrs Partridge ce jour-là quitter le jardin en larmes, d'emblée, j'ai supposé qu'on avait certainement oublié de lui faire parvenir une invitation, d'où son amertume. Je n'ai pas vu non plus notre facteur. En vérité, j'aurais trouvé cela pour le moins étrange qu'il fût invité par les baronets. Ne vous offusquez pas, Mr Beanstock. Je ne veux pas semer la discorde. Ici, on lave son linge sale en famille, n'est-ce pas ? Cela ne nous regarde pas si les baronets sont si bienveillants, en se mélangeant aux roturiers et font fi de l'étiquette. »

Les sourcils du majordome se soulevèrent d'indignation. Il doutait que la veuve du colonel Bloom soit seulement consciente du fait qu'elle n'était pas non plus membre de la noblesse.

Beanstock s'interrogeait et il revoyait défiler devant ses yeux le comportement très singulier de Mrs Partridge à l'hôtel. Cela tenait peut-être du fait qu'elle ait été autrefois la bonne d'enfant chez les Hillman et qu'elle souhaitait tout simplement revoir la petite fille d'antan. Mais pour quelle raison avait-elle quitté si précipitamment la fête, bouleversée? S'était-elle entretenue avec Miss Hillman? Personne ne l'avait remarqué.

Peut-être son trouble était-il lié à autre chose ? Et si elle avait reconnu Mr Van Horten ? Beanstock décida qu'il était temps qu'il ait un entretien avec ce monsieur.

Devait-il faire part à l'inspecteur de ses soupçons ? Cela lui paraissait prématuré. Il n'avait en sa possession aucune preuve solide. Et il ne voulait en aucun cas mettre Mrs Argyle dans l'embarras.

Il compta son argent pour faire l'appoint, laissa la somme due  sur le comptoir et prit congé de Mrs Bloom, qui était de nouveau plongé dans son monde de bonbons et remplissait des bocaux de friandises au citron.

Perdu dans ses pensées, il se dirigea vers le pub.

De retour au manoir, il remit à Lady Fedora les faire-part de décès.

« Elles sont très belles, Beanstock »,  souffla-t-elle.

« Au fait, nous avons emballé les affaires de Priscilla dans sa valise. Demandez à Harrison de la déposer dans la buanderie à l'étage, jusqu'à nouvel ordre. Nous ignorons ce que nous en ferons. Nous devons d'abord attendre la lecture du testament. »

« Sera-ce tout, Milady ? », demanda le majordome en faisant une révérence.

« J'ai encore une question. Avez-vous trouvé l'étui à cigarettes en or de Priscilla ? Il n'est pas dans sa chambre. »

« Ainsi, l'étui à cigarettes a disparu ? », pensa Beanstock, « Voilà qui est intéressant ! Non, je ne l'ai vu nulle part. »

Il s'agissait d'une pièce du puzzle, qui manquait encore au maître d'hôtel. Depuis qu'il avait appris que les deux morts avaient été provoquées par un poison, il avait déduit que les cigarettes avaient été l'outil utilisé pour ce poison mortel. Mais où étaient-elles donc ? Il aurait volontiers passé au peigne fin la chambre de Van Horten, mais comment procéder ? Il n'y avait que deux endroits possibles où l'étui à cigarettes pouvait être. L'intuition de Beanstock lui soufflait que la seconde probabilité était la seule à envisager.

« Bernice, petite sotte, qu'as-tu donc fait ? », murmura-t-il.


Les obsèques se déroulèrent un samedi pluvieux. Il semblait depuis des générations, qu'il ne pût en être autrement, des obsèques sans pluie semblaient impensables... La journée parut s'écouler au ralenti.

Lady Fedora était coiffée d'un chapeau noir à long voile tombant sur le visage et la fine étoffe flottait au vent, semblable à une brume ténébreuse, annonciatrice de malheurs prochains.

Un cortège sans fin de parapluies noirs déployés avançait vers l'église de Parsley Field, dans laquelle, tourné vers l'autel, reposait un cercueil d'un blanc immaculé et entouré de roses blanches à profusion.

Il avait été convenu avec le révérend Wilson que l'inhumation de Miss Hillman aurait lieu le matin et l'enterrement de Bernice l'après-midi. Il eût été indécent de procéder à des funérailles communes. Cette journée serait doublement douloureuse pour toutes les personnes présentes, mais Lady Fedora en avait décidé ainsi et le révérend Wilson avait acquiescé.

A la première rangée étaient assis les baronnets et Mr Van Horten. Derrière eux, se trouvaient presque tous les habitants de Parsley Field. On avait accordé à une poignée de journalistes d'assister à la messe. Un représentant de l'agence artistique de Hollywood et un membre du studio de cinéma de Londres étaient aussi là. Peu avant la cérémonie, une Rolls-Royce noire avait fait sensation. Un monsieur avec un chapeau mou à large bord dissimulant son visage et un long manteau noir descendit du véhicule et prit place dans la dernière rangée, non loin de la sortie.

Dans la rangée où étaient assis les journalistes, on chuchotait qu'il s'agissait d'un acteur célèbre de Hollywood. Simultanément un sacristain, portant une somptueuse couronne de pas moins de cent roses rouges, entra dans l'église et la déposa sur la sépulture. *A ma bien-aimée Inga, E.F.* pouvait-on lire en lettres d'or sur le noeud du ruban noir. Quand à la fin de la cérémonie, le cercueil fut porté hors de l'église, le monsieur n'était plus là.

Beanstock, lui, avait choisi une place près des colonnes. De là, il pouvait à loisir observer les personnes présentes. L'inspecteur Greenwood, accompagné de son constable se joignit à lui et demanda si le majordome était lui aussi à l'affût du meurtrier.

Tout se déroula selon le protocole d'usage. Cependant, alors que les  convives aux funérailles se rendaient sur la tombe de Miss Hillman, Beanstock observa un détail intéressant. Mr Van Horten ne se joignit pas à eux, mais resta seul dans l'église. Le majordome surveillait l'entrée  et cinq minutes après, Mr Van Horten se précipita vers la sortie et courut, comme si le diable était à ses trousses.

Beanstock aurait pu être témoin de bien plus, si son attention n'avait été attirée, à ce moment précis, par Lady Fedora, qui, sous le poids des moments tragiques et poignants des derniers jours, s'effondra. Il accourut pour prêter main forte à Sir Percival. S'il n'avait été distrait, il aurait été alors vu une personne quitter l'église et suivre d'un regard haineux, un sourire malveillant aux lèvres.

Il en alla autrement pour la cérémonie funèbre de la jolie Bernice. Sur l'autel trônait également un somptueux cercueil d'un blanc pur, sur lequel était posé du lilas blanc lumineux au parfum suave que le jardinier, lui-même avait assemblé en une magnifique composition florale. Lors du dernier adieu à la défunte, le révérend, dans son hommage, avait choisi, tout comme pour Inga Hillman, des mots poignants, d'une grande poésie. Cependant, contrairement à la matinée, en cet après-midi, le premier rang était occupé par les baronnets Parsley et le personnel au complet et personne d'autre ne se trouvait dans l'église.

Dans un coin du cimetière, seule une simple pierre blanche était posée, sur laquelle on pouvait lire: *Bernice Bernstein, nous ne t'oublierons jamais*.

Cette épitaphe était accompagnée de son année de naissance et de décès.

On n'avait pu trouver pas même un seul parent, qui aurait pu lui dire un dernier adieu et l'accompagner dans sa dernière demeure. Cette fois, c'était Filomène Arbuckle qui avait besoin d'être soutenue. Elle avait certainement été celle qui avait le mieux connu Bernice.

Cette journée resterait à jamais gravée dans la mémoire de chaque âme du village et plus encore des habitants de Parsley Manor. Dans tout le Commonwealth, personne, ou du moins quiconque qui s'y intéressait, n'ignorait maintenant où se trouvait Parsley Field. Ici, chacun se serait volontiers passé de cette notoriété. Cette prétendue popularité entraîna longtemps dans son sillage une foule de curieux, dont le seul intérêt était le récit épouvantable aux détails macabres sur l'actrice de cinéma et qui ne laissaient pas même un penny dans le village. Seule la gare de Mr Templar était le plus souvent bondée de monde, mais pas un ne mettait les pieds au *Jack O'Lantern* de l'aubergiste Sean. Et le révérend désespérait de voir le gazon piétiné autour du caveau de la famille Hillman.

Néanmoins, comme toutes les nouvelles à sensation au monde, celle-ci serait jetée aux oubliettes et supplantée par un autre évènement spectaculaire relayé par la presse à sensations. Dans un an peut-être, le nom d'Inga Hillman serait à peine mentionné et un an encore, chacun aurait oublié cette beauté hollywoodienne. Son nom ne serait alors plus cité, hormis dans un documentaire ou une biographie. Certains auteurs l'évoqueraient, avec l'espoir non avoué, de vendre ainsi plus de livres et des régisseurs dédieraient des films à Inga et amasser des fortunes avec son histoire tragique et sa mort.

Le monde avait découvert une beauté et la vénérer était une affaire juteuse.

## DES DEMEURES ANCESTRALES
## ET DES HISTOIRES ANCIENNES

Lorsque les habitants de Parsley Manor regagnèrent la demeure, tout était paisible. Mrs Porkpie avait préparé un petit en-cas pour les domestiques.

Ils étaient tous assis autour de la grande table de la cuisine et évoquaient des souvenirs et des histoires passés.

« Vous vous souvenez de ce premier jour, lorsque Bernice est venue ici? Elle était si nerveuse, la petite », racontait Mrs Argyle, un doux sourire sur les lèvres. « Elle avait en tout et pour tout une minuscule valise et ses diplômes dans la main. Je l'ai embauchée sur le champ et elle a été un immense atout pour le manoir. N'est-ce pas, Mr Beanstock ? »

« Sans aucun doute. Elle va terriblement nous manquer. »

« Et qui a oublié l'épisode avec la cheminée ?», demanda la cuisinière, en souriant. Pour seule réponse, un large sourire éclaira tous les visages.

« Elle avait tout bonnement oublié que le charbonnier se trouvait encore sur le toit, et elle voulut allumer le feu dans la cheminée. Elle introduisit la tête dans la cheminée, pour bien empiler les bûches et tout à coup un épais nuage de suie s'est abattu sur elle. Je crois bien que le jour d'après, elle toussait encore. Lady Fedora lui enjoignit d'appliquer des compresses sur la poitrine. Sa robe était ruinée et à chacun de ses pas, ses chaussures laissaient des traces noires de suie dans toute la maison. »

Mrs Porkpie essuya une larme au bord de sa paupière. Phillis déposa un quatre-quarts au délicieux fumet sur la table et le découpa en tranches généreuses.

« Elle avait un faible pour ce gâteau », souffla-t-elle doucement. « C'est tellement triste… Nous étions ses seuls amis. On n'a vraiment trouvé personne, Mr Beanstock ? »

« Milady a essayé par l'entremise de son avocat à Londres d'en savoir plus. Et Mrs Argyle a même écrit au révérend du bourg dans lequel eut lieu son baptême. Hélas, on trouva uniquement la trace d'une vieille tante qui n'est plus, depuis fort longtemps de ce monde. »

Le majordome se leva, fit un léger signe de la tête aux autres personnes autour de la table et se rendit au salon. Les baronets buvaient le thé dans un silence religieux. Junior s'était glissé sous la table, comme s'il avait conscience de la tristesse ambiante. L'éditeur n'avait pas touché à ses couverts.

« Que puis-je encore faire pour vous, Milady ? », s'enquit le majordome.

« Vous pouvez débarrasser. Apportez-moi ensuite un whisky, Beanstock », répliqua Sir Percival.

Beanstock se tourna vers le baronnet.

« Puis-je me permettre de demander où se trouve Mr Van Horten? Je dois impérativement m'entretenir avec lui. »

Lady Fedora semblait ne pas avoir remarqué que l'éditeur n'avait pas pris le thé avec eux. « Il doit certainement une promenade. Le temps s'est éclairci. Je ne l'ai pas revu depuis les obsèques de Priscilla. Ce n'est que maintenant que je le réalise. Où peut-il donc être, très cher ? », interrogea-t-elle son époux.

Le baronnet haussa des épaules.

174

« En tout cas, il n'est pas dans la bibliothèque. J'y ai cherché un livre et il n'était pas là. Quelle impolitesse ! Un invité se doit d'informer ses hôtes sur ses allées et venues. Quelle inconvenance ! Je te conseille vivement de consulter un autre éditeur, ma douce. Notre valet sait mieux se tenir. »

Le baronnet, qui était à deux doigts de céder à son habitude de parler de sa voix tonitruante, se ressaisit de justesse. Beanstock rapporta le plateau dans la cuisine et après avoir servi au baronnet son whisky, il alla voir Gonzales dans le garage. Il voulait vérifier si la voiture de l'éditeur était encore là. Il était probable qu'il ait profité des funérailles pour s'éclipser. Beanstock avait une question précise à lui poser. Et il avait attendu depuis quelques jours l'instant propice, mais l'éditeur n'était jamais disponible.

Gonzales ouvrit la porte du garage, derrière laquelle devait se trouver l'Atalante. Effectivement, celle-ci était encore là, où il l'avait garée le premier jour.

Beanstock retourna à la cuisine, où la table avait été débarrassée et les préparatifs pour le dîner allaient bon train.

Après que Mrs Argyle se fût adressée à une agence londonienne, elle avait reçu les premières candidatures pour le poste de servante.

Elle attendait maintenant que le majordome se joignît à elle, pour les examiner ensemble. Elle devait impérativement lui soumettre les demandes et ils décidaient alors d'un commun accord de l'embauche de telle ou telle postulante.

« Quelqu'un aurait-il connaissance de l'endroit où se trouve l'éditeur, Mr Van Horten ? Un de vous l'aurait-il aperçu quitter la maison ? » demanda le maître d'hôtel à la ronde.

Un court instant, personne ne répondit, puis Mrs Argyle prit la parole.

« Il n'est pas dans sa chambre. J'ai demandé à Harrison de nettoyer la cheminée. Se pourrait-il qu'il soit dans la bibliothèque et travaille ? »

« Non. Sa voiture est encore dans le garage. Milady a supposé qu'il était peut-être allé se promener. »

Beanstock en doutait. Il jugea nécessaire de fouiller la chambre de Mr Van Horten. Il n'y avait pas une minute à perdre. Pouvait-il se permettre cette indiscrétion? Le téléphone sonna. Filomène Arbuckle sursauta et poussa un cri d'effroi. Phillis devînt blême et la cuillère que Mrs Porkpie tenait, lui glissa de la main et disparut dans la soupe. Les évènements des derniers jours avaient mis à vif les nerfs de chacun.

Beanstock, sachant que Milady et Sir Percival s'étaient retirés pour une courte sieste dans leur chambre, s'approcha de l'appareil suspendu au mur de la cuisine et décrocha.

« Parsley Manor, Mr Beanstock à l'appareil. Que puis-je faire pour vous ? »

A l'autre bout de la ligne, une voix murmura doucement: « Daisy Chain ! »

Beanstock sourit jusqu'aux oreilles. Sa main gauche se glissa instinctivement dans le revers de sa veste et y chercha le petit insigne accroché là. La minuscule marguerite quelconque était difficilement visible à l'oeil nu. Seul, Beanstock connaissait la signification de ce bijou.

A quelques kilomètres de là, se jouait au moment même toute autre chose. Devant les yeux de Mr Van Horten se dressait la vieille maison des Hillman, telle une mise en garde pour l'éternité. Il aurait certes pu prendre sa voiture,

**176**

cependant cela lui avait paru risqué. On aurait pu l'obser-ver. Aussi avait-il jugé plus judicieux de couper à travers champs. Courroucé, il baissa les yeux sur ses chaussures faites main à présent souillées. Signe de contrariété, un pli profond s'était creusé entre ses sourcils. La boue avait irrémédiablement abîmé ses coûteuses chaussures en cuir.

Il sortit un mouchoir à la fine étoffe de sa poche et tenta de décrotter ses chaussures. Pourrait-il jamais quitter ce lieu sinistre ? De toute façon, qu'avait donc la police de concret contre lui ? Pas grand-chose. Il était quasi impos-sible d'en fournir la preuve formelle. Ce poison absolument remarquable était le fruit de son génie, sa création. Que faisait-il donc là, maintenant ? Il n'en avait pas la moindre idée.

La peur de perdre cette vie qu'il était parvenu à grand' peine et à force de ténacité à se construire l'étreignit et lui nouait la gorge. Après bien des années, il s'était imaginé enfin en sécurité. Et voici que quelqu'un surgissait, qui connaissait son passé et les secrets si jalousement gardés et le menaçait. Cela avait été un jeu d'enfant, pour se débar-rasser de la petite impudente maître-chanteuse… Elle s'était pour ainsi dire assassinée elle-même. Il ne put s'empêcher de sourire. La main de Van Horten tâtonna dans la poche de sa veste et elle toucha le métal froid de son revolver.

Des nuages sombres et menaçants parcouraient le ciel. Si, en plus, il se mettait maintenant à nouveau à pleuvoir, son costume serait lui aussi ruiné. Il leva les yeux et con-templa la façade obscure. La maison avait été construite dans un style classique.

Surmontant le portail d'entrée, un gâble était agrémenté de part et d'autre de colonnes engagées se dressant jus-

177

qu'au toit. Les hautes fenêtres étaient couronnées de guir-
landes de fleurs sculptées dans la pierre grise. De nombreux ornements n'étaient plus dans leur entier et  étaient
brisés et les imposantes fenêtres semblaient lugubres.

Cette demeure avait été jadis une délicieuse maison de
campagne cossue, entourée d'un magnifique jardin anglais
fleuri et romantique, elle offrait maintenant un spectacle
désolant. Sa splendeur d'antan était irrévocablement révo-
lue, elle sombrait dorénavant dans l'abandon, sans vie.
Feuilles sèches et plantes flânées s'entassaient un peu partout.

Dans les hautes herbes, on entendait des bruissements ;
souris et autres quadrupèdes avaient élu domicile dans des
recoins obscurs et sous de vieux placards.

Van Horten grimpa les quelques marches menant à
l'entrée. La porte n'était pas fermée à clé. Il la poussa et
l'ouvrit complètement. Le grincement de l'imposante porte
sembla enfler et atteindre l'étage supérieur, puis se réper-
cuter comme un écho.

La lumière clairsemée laissait entrevoir que le mobilier
était encore là. Les meubles de la demeure inhabitée,
canapés, fauteuils, tables et armoires étaient recouverts
d'un drap blanc sur lequel un fin voile de poussière s'était
déposé tout au long de ces décennies. Une faible lueur lui
parvenait de l'étage supérieur. Van Horten monta les escaliers et tendait les oreilles, prêt à réagir au moindre bruit. Il
ne percevait pas le moindre son. Une à une, il gravit les
marches.

La lumière provenait d'une pièce à l'étage. « Me voici,
comme nous l'avons convenu. Finissons-en ! », lança-t-il,
la tête levée vers le haut. Sa voix, anormalement forte,
résonna dans le silence.

Il poussa la porte de la chambre, empoignant fermement son pistolet.

Sur la table reposait un chandelier avec une seule bougie, ceinte d'un halo pâle qui formait une modeste auréole sur la table.

Près de cette bougie, Van Horten vit alors un objet qui fit naître un sourire à ses lèvres. Dans la poche de sa veste, sa main lâcha le revolver qu'elle avait saisi et tendit la main vers la table, pour s'en emparer.

C'est alors qu'il ressentit une légère piqûre. Affolé, il retira sa main et contempla l'infime goutte de sang sur son doigt.

« Docteur Richard McLean, il était temps que nous nous rencontrions. Nous avons beaucoup à nous dire. »

Soudain, lui parvint cette voix d'un coin obscur de la pièce.

Dans sa poche, la main de Van Horten s'abattit à nouveau sur l'arme.

« Je m'appelle Van Horten », répliqua-t-il furieux.

« Bien sûr. Je suis au courant. Regarde plus attentivement les objets sur la table. Je t'en ai parlé tantôt dans l'église. Voyons ! N'aie pas peur ! Contemple donc ces petites broutilles qu'une petite adorable et innocente gardait comme un précieux trésor. »

L'éditeur s'approcha de la table.

Tous ces objets avaient été soigneusement disposés. Au centre, près du chandelier se trouvait un petit coffret en bois dont le couvercle était orné d'une rose pourpre un peu terne. Tout contre l'écrin, un foulard de soie avait été déployé, comme une nappe, sur la table, et les petits objets y étaient placés. Une clé au fer rongé par la rouille, un large ruban de velours large, un billet de cinéma, décoloré et une

179

bague en pacotille rose pâle, visiblement sans la moindre valeur. A côté, se tenait l'étui à cigarettes en or de Priscilla Hillman, que Van Horten avait cherché fébrilement. Il était ouvert et trois cigarettes encore intactes s'y trouvaient ainsi qu'un mégot de cigarette. Sur le couvercle, les lettres en filigrane scintillaient. Comme un avertissement, les effluves vanillés de *Shalimar* flottaient dans l'air.

« J'étais là aussi, ce jour-là, le sais-tu, Richard ? Je peux t'appeler Richard, n'est-ce pas ? Nous nous connaissons depuis si longtemps. »

« Je ne vous connais pas et mon prénom n'est pas Richard », lâcha-t-il, tout en se passant la main sur son front en sueur. Face à cette ridicule comédie, il se sentait pris d'étourdissement. Il voulait seulement s'emparer de l'étui et s'enfuir.

« Richard, Richard, Richard ! Tu ne te sens pas bien ? Quel pitoyable hôte je fais là. Je t'en prie, assieds-toi donc. »

Du coin sombre de la pièce, un fauteuil fut poussé avec force et fonça vers lui dans un grincement assourdissant. L'angle de la table stoppa la course du fauteuil au tissu rouge moelleux en peluche et aux motifs couleur d'or.

« Ce fauteuil est splendide, n'est-ce pas ? Je revois encore la petite Priscilla, assise là et jouer avec ses poupées. Tu la revois, toi aussi, Richard ? Ou plutôt, non ! Attends ! Peut-être revois-tu sa petite soeur, Emely, c'est bien ça ? Tu t'es bien amusé avec elle à Bedlam, hein ? »

Van Horten s'était assis à grand' peine dans le fauteuil. Il ne comprenait pas ce qui lui arrivait. Pourquoi se sentait-il en proie au vertige ? Il se rappela tout à coup la légère piqûre. Il baissa les yeux sur ses doigts. La goutte de sang avait disparu, laissant place sur le point de piqûre à une

180

tâche bleuâtre. Il avait été autrefois médecin et savait parfaitement ce que cela signifiait.

Hélas, son cerveau ne fonctionnait plus normalement. Il jeta un regard sur l'étui. Sur le côté, il vit alors une minuscule aiguille, presque imperceptible.

« Je dois te présenter mes excuses. Il m'a suffi d'une simple piqûre pour que tu m'accordes toute ton attention, n'est-ce pas ? Sans cela, tout aurait été différent. Je tenais absolument à te raconter quelque chose, tant que tu es encore là… Qu'était-ce donc ? »

Des pas résonnèrent dans l'obscurité. Quelqu'un faisait les cent pas.

« Ah, oui ! Donc, j'étais là, ce fameux soir. Je voulais tant la voir. Priscilla était incroyablement belle, tu ne trouves pas ? Il s'en est fallu de peu qu'elle ne me découvre sous sa fenêtre. Mais j'ai eu de la chance. Pourquoi as-tu donc eu si peur ? Sa mort était parfaitement inutile. Certes, elle t'a reconnu, mais elle aurait rejoint son univers et tu aurais ainsi pu continuer ta vie futile ici. Et il a fallu que ce soit ensuite le tour de Bernice. Vraiment ! Richard, c'était de la pure cruauté. Tu t'es sciemment accommodé de sa mort. Peut-être lui as-tu même offert le feu pour allumer sa première cigarette de la soirée ? Je l'ai vue. Mais il était déjà trop tard et voilà pourquoi tous ses précieux trésors sont là devant nous et nous ravissent. »

Van Horten était maintenant incapable de faire le moindre mouvement. Il se contentait d'écouter. Il avait injecté cette drogue particulière à ses patients à sa guise, lorsque ceux-ci n'étaient pas dociles. Il était vain de s'agripper à son arme. Il connaissait par cœur l'effet du médicament.

Une main fine sortit de l'ombre, s'empara du coffret en

bois et se mit à y ranger tous les petits objets que Bernice avait tant chéris. Van Horten observait ces gestes minutieux, alors qu'une angoisse grandissante l'étreignait. L'écrin en bois disparut de son champ de vision. Il murmura quelque chose à l'adresse de son adversaire invisible, mais seul un croassement inaudible se fit entendre. Tout près de son visage, surgit une ombre. Quelqu'un se penchait vers lui.

« As-tu autre chose à ajouter ? »

Des gouttes de sueur dégoulinaient, en laissant de longs sillons sales à présent sur le visage de Richard Mc Lean. On lui murmura quelque chose à l'oreille et le visage affichait un sourire mauvais. Une main menue se posa sur son épaule et se crispa. L'ombre disparut finalement de son horizon.

« Eh, évidemment tu n'as pas pu le garder pour toi, hein ? », chuchota la voix émanant de l'ombre. Après un court instant, une corde avec un noeud coulant astucieusement noué, semblable à celle qu'utilisait le Bourreau de Londres, s'abattit sur la table. Le corps de l'éditeur fut secoué d'un léger frisson.

« Vois-tu, Dr. Richard McLean, docteur en psychiatrie et diplômé de l'illustre Université de Cambridge, voilà comment finit un assassin. Tu n'aurais pas dû venir à Parsley Manor, mon ami. Je t'ai longtemps cherché et je ne t'aurais probablement jamais trouvé, si seulement tu n'étais pas venu de toi-même à moi. À ton arrivée en enfer, salue Agatha, la tante d'Emely et de Priscilla. Vous vous connaissez, pas vrai ? Je me suis laissé dire que cette vieille dame aimable comme une porte de prison et toi vous entendiez comme larrons en foire. »

La bougie s'éteignit.

La pièce sombra dans une obscurité totale autour de lui.

« Comme la grande dame de la littérature policière, la reine du suspense, Agatha Christie, le disait très justement : *Tous les actes répréhensibles jettent de longues ombres.* On verra quelle sera la longueur de ton ombre, à ta pendaison. »

## DAISY-CHAIN

« *Daisy-Chain* », répondit Beanstock à la question de son interlocuteur.

Après une courte pause, une voix sereine se fit entendre.

« Black à l'appareil. Notre agent au Bethlehem Royal Hospital a été particulièrement fructueux. Il est parvenu à dénicher des documents éloquents. Les copies sont en routes et ils devraient vous parvenir sous peu. Nous serions charmés de vous avoir été utiles. *Daisy-Chain*, Mr Beanstock. »

« *Daisy-Chain*, Mr Black. »

Lentement, Beanstock reposa le combiné sur son socle. Il était pensif. Ainsi, il avait pris la bonne décision en entamant des recherches à l'hôpital, après avoir reçu les confidences de Mrs Argyle et appris qu'Emely Hillman y était morte.

Heureusement que cette organisation à l'intégrité irré-prochable existait. Il sourit en pensant comment elle avait vu le jour. Au cours du XIXème siècle, la situation des domestiques était tout sauf enviable. Leur journée de travail s'étirait péniblement. Ils avaient rarement un jour férié et servantes et valets devaient effectuer des tâches ardues, qui demandaient une grande force physique. Le tribut à payer a souvent été lourd, puisqu'ils payaient souvent de leur santé ou de leur vie.

Un domestique, travaillant pour le très estimé Lord Clarky of the Ginger Heights, avait fondé une association soucieuse du bien-être et des droits du personnel domestique. Très rapidement, cette organisation de secours à l'origine, devint un groupe de personnes se vouant corps et âme à cette cause et elle prit la forme d'une immense toile invisible se tissant sur tout le royaume. C'est alors que l'appellation *Daisy-Chain* fut adoptée. Le groupe opérait dans le secret le plus absolu, semblable à une couronne de pâquerettes discrète, et s'étendait en de multiples ramifications. Ses membres se reconnaissaient au petit bouton de la fleur délicate. Et dès qu'un d'eux avait besoin d'aide, il pouvait compter sur une intervention immédiate, extrêmement efficace et sans laisser la moindre trace.

Un simple coup de fil ou un courrier, avec la mention du mot de passe, suffisait amplement. Quel que soit l'endroit sur tout le territoire, un interlocuteur était toujours là. Et il était quasiment impossible de ne pas réussir à glaner quelques renseignements. Les serviteurs étaient réservés et d'une loyauté à toute épreuve à l'égard de leurs maîtres. Néanmoins, ils entendaient et voyaient toutes sortes de choses qui ne devaient pas être étalées au grand jour et ils en savaient souvent beaucoup plus que la police. Pour cette raison, une simple organisation de secours, comme elle, avait pu devenir une grande communauté dont l'organisation aurait fait pâlir d'envie les services secrets de Sa Majesté, eux-mêmes. Des rencontres secrètes se tenaient dans chaque ville et une fois par an, la fine fleur de *Daisy-Chain* se rassemblait.

Jamais auparavant Beanstock n'avait eu recours à l'aide de *Daisy-Chain*. Toutefois, dans ce cas précis, s'adresser à cette communauté était légitime. Il était indispensable d'apporter quelque lumière dans cette obscurité opaque.

Mrs Argyle toussota légèrement derrière lui.

« Pourrions-nous nous entretenir un court instant à

propos des candidatures, Mr Beanstock ? »

« Oui, bien sûr. Allons dans mon bureau. »

Pour sélectionner trois postulantes qui semblaient leur convenir, parmi le tas de lettres de sollicitations, ils eurent besoin d'une heure entière. Ils avaient même reçu quelques propositions de l'agence londonienne. Immédiatement après-guerre, énormément de jeunes filles souhaitaient obtenir un premier emploi. La situation dans les villes n'était pas aisée. Beaucoup devraient se résoudre à travailler à l'usine. Toute jeune servante diplômée souhaitait ardemment travailler à Parsley Manor. Personne n'ignorait, dans le monde fermé des employés de maison, que les conditions de travail y étaient excellentes. Mrs Argyle allait maintenant faire savoir à l'agence que les trois candidates devaient se présenter les jours prochains. Après cela, une décision serait prise.

Le majordome avait lui aussi pris une décision. Sans bruit, il regagna le vestibule et monta à pas feutrés les marches de l'escalier conduisant aux chambres à coucher. Arrivé là-haut, il s'immobilisa un instant et écouta avec attention. Il n'entendait aucun bruit.

Il s'approcha ensuite des chambres des invités et pénétra dans celle qu'occupait présentement Van Horten. Si ce dernier pouvait enfin quitter les lieux, les baronets, et pas uniquement eux, s'en réjouiraient.

Beanstock regarda autour de lui. Tout était bien rangé. Beanstock supposa que Mrs Argyle, elle-même, s'en chargeait.

L'éditeur n'était venu qu'avec très peu de bagage. Une seule valise se trouvait près de l'armoire. Beanstock la déposa sur le sol et l'ouvrit. Elle était vide.

Le costume élégant qu'il avait revêtu pendant la fête

était suspendu dans l'armoire, tout comme une veste de sport et quelques chemises aux couleurs claires. En-dessous, une paire de chaussures en cuir lisse noir d'un grand raffinement était posée là. Il referma l'armoire sans bruit. La commode dans le coin à gauche ne contenait rien d'autre que sous-vêtements et chaussettes. Dans la petite salle de bains, il ne vit que certains articles de toilette, un flacon de parfum, un coupe-choux tout contre le porte-savons, un blaireau ainsi qu'une brosse à cheveux.

Il se remémora le porte-documents. Il fouilla toute la pièce du regard, pour finalement le découvrir sous le lit. Comme il s'y attendait, il vit à l'intérieur des dossiers, du courrier, mais rien de personnel. Déçu, il le remit à sa place, sous le lit, lorsqu'une idée lui traversa l'esprit.

Dans le coin, quelque chose dépassait de dessous la commode. Il s'agissait d'un objet minuscule, un morceau oblong d'étoffe ou de cuir. Il avait peine à l'identifier. Mais une chose était sûre, il n'avait rien à faire là. Il déplaça prudemment la commode en avant et se pencha derrière elle. Quelqu'un avait tenté de loger quelque chose dans l'étroit gradin derrière la commode. Cela ressemblait à un étui plat en cuir sombre. Il avait probablement glissé sur le côté et c'est pourquoi le majordome avait pu remarquer la languette de cuir noir. S'il n'avait pas regardé sous le lit, cela lui aurait échappé.

Beanstock sortit de sa veste les gants blancs, qui ne le quittaient jamais. Tantôt, il fallait polir l'argenterie, tantôt décrocher, avec une infinie précaution, un tableau du mur ou encore préparer les vêtements des baronets. Il était impensable de laisser des traces de doigts sur les objets de valeur des seigneuries. Toute école de majordomes qui se respectait enseignait cela.

Il les enfila prestement et sortit l'objet de sa cachette. C'était un étui allongé avec une fermeture à crémaillère. Il l'ouvrit et sourit d'un air entendu. A côté de petits sachets contenant une fine poudre blanche, identiques à ceux qu'avait trouvés la police près du corps de Miss Hillman, reposaient deux seringues et plusieurs petites fioles en verre aux contenus colorés.

Il entendit des pas dans le couloir près de la chambre. Beanstock retira un flacon jaunâtre, referma l'étui et le remit à sa place. Peut-être ce liquide était-il l'échantillon de poison que recherchait le Dr. Seeker et ainsi lui livrait la preuve manquante.

Il s'approcha de la porte et colla son oreille contre elle. Mr Van Horten serait-il de retour ? Que lui dire, pour expliquer son intrusion dans sa chambre ? En un éclair, il trouva le prétexte qu'il pourrait avancer. Lentement et prudemment, quelqu'un tourna la poignée et ouvrit la porte.

« Mr Beanstock ? », s'exclama une voix tremblante de frayeur.

Beanstock poussa un soupir de soulagement.

« Harrison, que se passe-t-il ? »

Le valet pénétra dans la chambre, muni d'un seau et d'un déboucheur à ventouse, cet outil venant à la rescousse du plombier en détresse.

« Mrs Argyle m'a prié de venir réparer les toilettes, qui sont bouchées, d'après elle. Excusez-moi, si je peux venir plus tard, … »

Le majordome l'interrompit.

« La cuvette des toilettes ? Ah, oui ? Non ! Faites comme il vous l'a été demandé. Je vous accompagne. Voyons quel problème elle a. »

Perplexe, le valet le dévisagea.

Mr Beanstock ? Le majordome voulait l'aider à réparer les toilettes ? Harrison haussa les épaules et gagna la salle de bains attenante. Il avait vécu des situations plus curieuses encore dans cette maison.

Beanstock souleva le couvercle, il tira ensuite la poignée accrochée à l'extrémité de la chaîne pour activer la chasse d'eau. Un gargouillement se fit entendre. La cuvette se remplit d'eau.

« C'est exact. Elle ne se vide pas correctement. Remplissez votre office, Harrison. »

Le valet se gratta nerveusement la tête. Il sortit la ventouse et s'évertua à déloger le bouchon. Il lui fallut quelques minutes et des perles de sueur apparurent sur son front. Finalement, d'étranges bâtonnets remontèrent à la surface.

« Mais, qu'est-ce que c'est que ça? », dit le valet, stupéfait et les deux hommes se penchèrent au-dessus de la cuvette.

De petits tubes fins tournoyaient, flottant à la surface ou disparaissant dans le gargouillement de l'eau. Autour d'eux ondoyaient des filaments marron. Beanstock prit la ventouse des mains du valet, le retourna et essaya, avec le manche d'en récupérer quelques uns. Les deux hommes échangèrent un regard.

« On dirait du tabac, Mr Beanstock. »

« Comme vous dites, Harrison. Ceci est du tabac et ces petits tubes trempés étaient auparavant des cigarettes. Pour boucher les toilettes, quelqu'un en a jeté dans la cuvette une grande quantité. Probablement un paquet entier. »

« Mais si le type veut pas fumer, il peut tout simplement le jeter dans la poubelle. Je ne comprends pas. »

L'air distrait, Harrison se gratta de nouveau la tête.

« En réalité, le plus curieux dans cette histoire est que Mr Van Horten ne fume pas. Harrison, laissez les toilettes telles quelles. »

Maintenant, le valet était dépassé. « Mais, Mr Beanstock, le monsieur ne pourra pas les utiliser et Mrs Argyle m'a dit… »

Beanstock lui coupa de nouveau la parole.

« Ne vous inquiétez pas. Je vais régler cela avec Mrs Argyle. Ces toilettes doivent d'abord être examinées par la police. »

Harrison ouvrit grand ses yeux. La bouche bée, il considérait la cuvette. Le majordome perdait à présent la raison. Tout cela était trop pour lui aussi. Maintenant, il imaginait même un danger dans une simple cuvette de toilette bouchée. Ces pensées fusaient dans son esprit dans tous les sens, pareilles à des questions qui s'emballaient, comme si elles étaient animées de leur propre volonté. Il saisit précipitamment son seau et la ventouse et sortit de la chambre.

Beanstock n'avait guère le choix. Il devait informer la police. En fait, il avait souhaité le faire, après avoir reçu et étudié les documents en provenance de Londres, mais cela ne souffrait aucun retard. Il réfléchissait… Comment faire en sorte que Mrs Argyle ne soit pas éclaboussée par cette déplorable affaire. Ce ne serait pas chose aisée. Elle était consciente du risque. Il le lui avait fait savoir, lorsque les indices à l'encontre de l'éditeur se multiplièrent. Il allait tout de même faire tout ce qui était en son pouvoir pour l'épargner.

Son chemin le mena au téléphone dans l'entrée. Il composa le numéro du petit commissariat de Parsley Field

190

et entendit sonner à l'autre bout de la ligne. Presqu'instantanément, on décrocha et Beanstock reconnut la voix claire et animée du constable.

« Commissariat de Parsley Field, constable Thomas Devin Donegal, suppléant de l'officier en chef, inspecteur Richard Greenwood, qui n'est pas disponible en ce moment, qu'avez-vous à signaler ? »

Beanstock pouvait s'imaginer le constable. Il avait sans aucun doute noté scrupuleusement les directives de son supérieur, mot pour mot. Et à chaque appel, il les débitait d'un trait. La jeune Miss Watson était assise au comptoir du commissariat de police, d'ordinaire et elle réceptionnait les appels téléphoniques.

Un court instant, Beanstock resta interloqué. « Oui, constable, où puis-je joindre l'inspecteur ? C'est extrêmement important. »

Beanstock pouvait entendre le jeune homme tournait une à une les pages de son calepin.

« L'inspecteur se trouve à un congrès, à Londres. Qu'avez-vous à signaler ? »

Beanstock leva les yeux au ciel. «Je souhaite faire état de forts soupçons au sujet de l'affaire des deux jeunes femmes assassinées. L'inspecteur doit être informé sans délai. »

« Aha ! Vous avez de forts soupçons. L'inspecteur est à Lond… comme je vous l'ai déjà dit… qu'avez-vous à si… » Le constable remarqua qu'il avait parcouru toutes ses notes. Beanstock l'entendit de nouveau feuilleter ses pages. Maintenant, le majordome était fâché.

« Constable, si nous ne pouvons faire autrement, alors il serait souhaitable que vous veniez ici et je vous mettrais au fait de la situation. »

A l'autre bout du fil, le silence se fit, suivi d'un raclement de gorge.

« Eh, bien! Euh… ! »

Beanstock avait presque l'impression d'entendre le policier réfléchir.

« Soit ! Alors, je viens ! Ce n'est pas de chance que Miss Watson souffre de nouveau de sa toux sévère. Vous n'ignorez peut-être pas que cette toux chronique lui cause bien souvent du tracas et rien n'y fait, absolument rien. Et alors notre commissariat n'est pas au complet. »

On entendait le bruit léger des pages que l'on tourne.

« Je dois donc laisser le commissariat livré à lui-même, je suis néanmoins persuadé que cela ne va pas du tout plaire à l'inspecteur. » Il continuait à feuilleter. « Pas de sorties dans les environs qui ne soit absolument indispensable, a insisté l'inspecteur. » Le combiné fut raccroché.

Beanstock sortit son mouchoir et s'essuya le front. Il soupira, raidit ses épaules, rajusta sa veste et alla à la porte attendre l'arrivée de la police. Cela ne devait pas être bien long.

Ce n'est qu'après trente longues minutes que le constable arriva enfin sur son vélo. L'effort était visible sur le visage de l'officier, au ventre un peu bombé, qui n'avait rien contre une bière ici et là, en compagnie de son amie Sean O'Donoghue. Le vieux vélo de service n'avait pas été lubrifié depuis des lustres et chaque coup de botte que donnait le policier sur la pédale, la bicyclette grinçait. Enfin il atteignit l'entrée du manoir et après avoir réussi tant bien que mal à descendre de son vélo, il s'appuya, le souffle court, contre le guidon de son deux-roues.

Il respira profondément pour murmurer, hors d'haleine : « L'inspecteur a naturellement pris le véhicule de fonction, pour aller à Londres. Qu'y a-t-il donc de si important, Mr Beanstock ? »

Sans plus de cérémonie, le majordome lui prit le vélo, pour le ranger juste à côté.

Quand il se retourna, le constable avait déjà sorti son calepin et son crayon à papier à la mine impeccablement appointée, comme l'exigeait le règlement. A ce moment précis, Harrison sortit de la maison, un balai à la main. Lorsqu'il remarqua le constable, il se gratta, penaud, la tête. En passant devant le policier, il fit une révérence et souffla : « La cuvette des toilettes d'une des chambres d'hôtes est bouchée. »

Le constable pinça les lèvres et les arrondit en une moue et ouvrit de grands yeux.

« Mr Beanstock ! » Le constable trépignait de colère.

« Comment dois-je le prendre ? Vous m'avez appelé parce qu'une cuvette de toilette est obstruée ? Ceci constitue un gaspillage du temps de la police et c'est inadmissible. »

Beanstock roula des yeux.

« Je ne vous ai évidemment pas prié de venir ici pour cette raison. Vous voulez bien m'accompagner ? »

Il  adressa un regard sévère au valet qui s'empressa de se mettre à balayer. En allant à l'étage, ils rencontrèrent les maîtres de céans.

« Beanstock, qu'est-ce que cela signifie ? », s'informa Sir Percival, déconcerté.

« Sir, j'ai pris connaissance de faits nouveaux dont je souhaite informer la police. Je suis au regret de vous apprendre que ces nouveaux éléments accablent monsieur l'éditeur de milady. Je n'avais pas d'autre choix et j'espère avoir agi dans votre sens. »

Beanstock s'était arrêté et s'interrogea. Peut-être eût-il été plus approprié de mettre ses seigneuries, avant toute chose ?

Lady Fedora le rassura. « Comme vous le savez, nous avons entière confiance en vous et je suis convaincue que vous avez bien fait. Nous vous accompagnons, si cela ne vous pose pas de problème, constable ? »

Le policier hocha la tête. Lorsque le petit groupe arriva devant la chambre de l'éditeur, Lady Fedora, inquiète, confia qu'elle éprouvait un certain malaise d'entrer dans la chambre de leur invité, en son absence.

« Nous n'avons pas vraiment d'autre choix, très chère », constata son époux, dont la curiosité se peignait ouvertement sur le visage.

Ils pénétrèrent dans la pièce. Le majordome entreprit de relater les résultats de ses recherches de fin limier.

Donegal écrivait avec empressement, désireux de ne pas perdre un seul mot de tout ce qui était dit.

Beanstock décocha un regard anxieux à Lady Fedora.

« De source bien informée, j'ai appris, voici déjà quelques jours, qu'il y avait de fortes chances que Van Horten ne soit pas le véritable nom de votre éditeur, milady. De plus, je fus avisé que peu avant la guerre, il avait exercé en tant que psychiatre au Bethlehem Royal Hospital, le centre pour les personnes souffrant de troubles psychiatriques. »

Lady Fedora devint blême.

« Qu'essayez-vous de me dire, là ? Vous n'êtes pas sérieux, Beanstock ? Il s'agit sans aucun doute d'une méprise ! »

« Hélas, je ne détiendrai que dans quelques jours les preuves irréfutables de ce que j'avance. D'ici là, supposons que tout cela soit vrai. Cela expliquerait que Mr Van Horten

194

ait reconnu Miss Inga Hillman, lorsqu'il la revit. Milady n'est pas sans ignorer que Miss Emely Hillman a reçu des soins jusqu'à sa mort tragique à Bethlehem Royal Hospital. Je suppose que Mr Van Horten, nous continuerons à l'appeler ainsi, s'est senti rattrapé par un quelconque méfait dans son passé. Je pense que c'est lié à la mort d'Emely Hillman. Et avant que cela n'éclate au grand jour, il préféra commettre un meurtre vil. »

Sir Percival mit immédiatement sa main sous le bras de son épouse et l'aida à s'asseoir au bord du lit de leur invité. Elle sortit un mouchoir de la poche de sa blouse avec lequel elle s'éventa, en proie à une grande agitation.

« Mais là aussi, vous n'avez pas la moindre preuve, n'est-ce pas, Mr Beanstock ? », demanda-t-elle, haletante.

« Lady Fedora se souvient du penchant excessif de Miss Hillman pour la cigarette. Depuis le jour de sa mort, plus aucune trace de son étui à cigarettes en or. Comme le médecin légiste constata qu'un poison avait été inhalé, je pense que Mr Van Horten a remplacé les cigarettes dans l'étui par d'autres, empoisonnées.

Je sais que l'inspecteur suivait également la piste des cigarettes. Le médecin légiste supposait qu'il s'agissait de ricine, un poison incolore, inodorant et imperceptible au goût. Au sens propre comme au figuré. Le Dr. Seeker avait connaissance d'une découverte fortuite à l'après-guerre. On trouva dans un entrepôt désaffecté de la ricine et des protocoles médicaux documentant des expérimentations dans le plus grand secret sur des personnes.

Van Horten n'a pas réussi à s'emparer de l'étui après le meurtre. Bernice le déroba le matin-même où elle découvrit le corps de Miss Hillman. Bernice a dû observer quelque chose, le jour de la réception. Peut-être   a-t-elle surpris l'éditeur, alors qu'il subtilisait l'étui. En fin de compte, elle ignorait que les cigarettes étaient empoisonnées. Elle essaya de faire chanter l'éditeur. Une erreur monumentale. Le jour de l'interrogatoire par l'inspecteur, je surpris une discussion enflammée entre Mr Van Horten et Bernice. Il savait que Bernice ne dédaignait pas une cigarette ici et là et il était prêt à risquer la mort de la jeune fille, sans sourciller. Sur les habits de Bernice, je remarquai une trace de brûlure, cependant je ne vis nulle part de cigarette.

A la mort de celle-ci, Van Horten a certainement dû s'approprier l'étui. Comme je l'ai déjà mentionné, je ne l'ai trouvé nulle part. Par-contre, j'ai trouvé une cuvette de toilette bouchée. »

Constable Donegal leva les yeux de son calepin et s'éclaircit la gorge.

« Cela arrive même dans les meilleures familles, Mr Beanstock. »

Le constable, Sir Percival et Beanstock allèrent dans la petite salle de bains et pour la deuxième fois de la journée des messieurs se penchèrent sur la cuvette, pour examiner avec grand intérêt son contenu.

« Quand Harrison essaya de dégager l'obstruction, on vit alors une grande quantité de papier et des cigarettes désintégrées. Sachant que l'éditeur ne fume pas, j'ai fait le lien avec les cigarettes empoisonnées. Après la mort de Bernice, il a pris l'étui à cigarettes et s'est débarrassé des cigarettes restantes, en les jetant dans les toilettes, puis a fait disparaître l'étui. »

« Mon cher Beanstock, où sont donc les preuves ? Que sont donc de pauvres cigarettes qui flottent dans la cuvette des toilettes ? », gronda Sir Percival.

« Et », fit observer le constable, sur un ton moralisateur,

« maintenant que les cigarettes nagent à la surface de l'eau, le médecin légiste sera incapable d'y trouver du poison. »

« Enfin… », ajouta Beanstock, qui alla vers la commode et la déplaça un peu en avant, il extirpa le petit étui oblong en cuir noir et l'ouvrit.

« Vous voyez ceci ? Je suis presque certain que lorsque le médecin légiste examinera ces ampoules, pour détecter d'éventuelles traces de poison, il en trouvera. Et nous avons, là, ces petits sachets de poudre blanche qu'il a certainement dissimulés dans la chambre de Miss Hillman, pour faire diversion. On devait conclure à une overdose de cocaïne. »

Le majordome remit au constable l'étui. C'est alors qu'il se rappela la fiole qu'il avait retirée de l'étui. En toussotant, il la sortit de sa poche, pour la remettre à sa place.

Le constable se contenta de hocher la tête.

« Quelles informations attendez-vous donc ? Vous disiez que les preuves attestant de la véritable identité de Mr Van Horten étaient en cours d'acheminement ? », demanda le constable, après avoir parcouru ses notices.

« Ma source d'informations à Londres m'enverra, je l'espère, des papiers démontrant qu'Emely Hillman est également décédée suite à un empoisonnement. Et nous détiendrons alors la preuve que Mr Van Horten exerçait à Bedlam et pratiquait des expériences sur ses malades. »

Constable Donegal glissa son crayon à papiers dans le bord du cahier.

« Voilà qui est assez pour un soupçon justifié. Je vais informer l'inspecteur à Londres, sur-le-champ. Où se trouve Mr Van Horten en ce moment ? Je dois le soumettre à un interrogatoire et l'emmener au commissariat, jusqu'à

197

l'arrivée de l'inspecteur. »

Tous se regardèrent avec consternation.

« Nous ignorons où se trouve mon éditeur. Nous ne l'avons plus revu, après l'enterrement de Miss Hillman », répondit Lady Fedora.

« Puis-je me servir de votre téléphone, Milady ? », demanda le constable, en faisant une référence. « Et que personne n'entre dans cette pièce, tant que l'équipe de pré-servation des indices et des traces n'a pas terminé son travail. »

Sir Percival hocha la tête en signe d'approbation.

Le constable se rendit dans le hall et composa un numéro. Après quelques instants, on l'entendit demander l'inspecteur. Encore quelques instants et l'inspecteur fut à l'appareil. Le constable lui lut ses notices. Peu après, il raccrocha et se tourna vers le petit groupe qui attendait.

« L'inspecteur est sur le chemin. L'équipe d'experts va fouiller de nouveau la chambre. Il m'a été demandé de trouver Mr Van Horten. Avez-vous une petite idée de l'endroit où il aurait pu aller ? »

Beanstock fit remarquer que la voiture était toujours là, dans le garage. Il ne pouvait donc être parti qu'à pieds.

« Il pourrait tout aussi bien être allé à la gare, pour y prendre le train », ajouta-t-il.

Constable Donegal voulait aller vérifier à la gare.

« Vous pourriez plutôt prendre la voiture, si Sir Percival vous y autorise ? », suggéra le majordome.

« Bien entendu. Vous pouvez disposer de notre voiture, aussi longtemps qu'il le sera nécessaire, constable. »

Le policier se dirigea, en compagnie du majordome vers le garage, et après seulement quelques minutes, Gonzales était d'attaque pour une nouvelle mission de détective. Il se frotta les mains de satisfaction.

« *Asesino*, on vient, *maldito*. »

Le chauffeur sortit la Bentley du garage. Constable prit place sur le siège avant, près du chauffeur. Gonzalès le jaugea du regard. Le policier était mal à l'aise et fourrageait nerveusement dans ses cheveux.

« Pourquoi ne démarrez-vous pas ? »

« Señor, on ne part quand même pas sans Mr Beanstock, non ? »

La porte arrière s'ouvrit et le majordome s'installa sur la banquette arrière.

« Vous n'êtes pas obligé de nous accompagner, Mr Beanstock », grommela le policier.

« Je peux fort bien me débrouiller tout seul et l'inspecteur exige que vous nous révéliez vos sources. »

Gonzales jeta un regard en arrière et haussa les épaules comme pour s'excuser.

« Non, je viens avec plaisir et je prête main-forte. Mieux voient quatre yeux que deux. »

Il préféra ne pas mentionner qu'il voulait être là pour entendre ce que Van Horten allait bien pouvoir dire. Et il ne releva pas la remarque du constable relative à son informateur. Il aviserait.

Ils allèrent d'abord à la gare. Mr Templar était assis sur un banc devant le petit bâtiment de la gare et savourait son thé, comme chaque jour, à la même heure. Lorsque le policier l'interrogea, il répondit que personne, ce matin, n'était monté dans le train en partance pour Londres. Le seul autre train serait celui de dix-huit heures, ce soir. Oui, il serait attentif et informerait sur-le-champ le poste de police. Beanstock était conscient que l'histoire allait se propager comme une traînée de poudre, maintenant que le chef de gare était au courant que Van Horten était recherché.

Les trois hommes sillonnèrent les alentours une heure entière, sans trouver la moindre trace. Une demi-heure s'était à peine écoulée et déjà les premiers visages curieux apparaissaient aux fenêtres et après quelques minutes, la clientèle se pressa dans le pub, d'ordinaire peu fréquenté à cette heure. De petits groupes se formèrent autour du bar, dégustant une bière et émettant diverses hypothèses sur les raisons pour lesquelles on recherchait cet élégant *blanc-bec* de Londres.

Sean O'Donoghue réagit au terme « *blanc-bec* » avec un froncement de sourcils et un toussotement. En effet, il y a bien longtemps, lorsque ses parents et lui vinrent s'installer à Parsley Field, ils étaient, eux, les *blancs-becs* de Dublin. Cependant, il se retint de tout commentaire. Il ne pouvait que se réjouir de l'afflux inattendu de si nombreux clients qui paieraient leurs consommations, dans son pub *Jack O'Lantern*, à une heure aussi matinale. Ce revenu supplémentaire était le bienvenu.

Il sourit et entonna une douce mélodie.

*« Little Jack Horner*
*Sat in the Corner*
*Eating a Christmas pie*
*He stuck in the Thumb*
*And pulled out the plum and said*
*What a good boy*
*What a good boy*
*What a good boy am I? »*

La Bentley de la troupe de recherche sous les ordres du constable Donegal passa devant la pharmacie, puis prit sur sa droite, le long de la rivière Shirty. Ils s'arrêtèrent à l'hôtel, mais là aussi aucune trace de Van Horten. Au comptoir de la réception une jeune femme, inconnue de Beanstock était assise. Il s'enquît des nouvelles de Mrs Partridge.

« Effectivement, c'est curieux. Pour la toute première fois, depuis qu'elle est employée ici, Mrs Partridge est absente, sans même s'excuser. Mr Divari, notre directeur, était très contrarié, ce matin. » Son visage prit un air coupable. Beanstock se souvînt de sa dernière entrevue avec Mrs Partridge, ici même. Il avait eu la très nette impression qu'elle ne voulait pas lui parler.

Sur le chemin du retour, ils stoppèrent même aux ruines du vieux cloître. Le constable Donegal allait devoir lancer un avis de recherche à l'encontre de Van Horten. Après avoir déposé le policier au commissariat, ils continuèrent leur route, sans mot dire. Devant l'entrée du manoir, le véhicule de la police scientifique était déjà là. « Señor, qu'en pensez-vous ? Où peut être ce monsieur ? »

Beanstock, perdu dans ses pensées, ne répondit pas. Après que Gonzales eût parqué la voiture dans le garage, le majordome descendit, avec la sensation désagréable d'avoir négligé un détail.

Gonzales prit un chiffon moelleux et se mit à nettoyer les vitres.

« Il a une voiture aussi remarquable et il la laisse là. Avec elle, il pourrait déjà être en France ou en *maravillosa España*. » Puis il se mit à siffloter doucement une mélodie.

Beanstock le regarda avec surprise.

« Mais bien sûr ! Pourquoi donc devrait-il abandonner là cette automobile coûteuse ? Vous êtes un petit malin, Gonzales ! »

Beanstock quitta le garage à pas de charge.

« C'est quoi, un petit malin ? Ce n'est pas un gros mot, non ? », marmonna-t-il.

Dans la maison, la police scientifique avait terminé son travail et avait, de nouveau, mis la chambre sens dessus-dessous. Mrs Argyle gémit, lorsqu'elle vit le capharnaüm dans la chambre.

« Et nous n'avons toujours pas trouvé de camériste. » Elle descendit au vestibule. Au téléphone, le majordome était en pleine discussion avec le poste de police. Il n'obtint malheureusement pas l'information souhaitée. L'inspecteur était encore sur la route et ne serait là que dans la soirée.

« Non seulement il abandonne les fioles qui l'incriminaient ici, mais également son bolide, constable ! », fit remarquer Beanstock, un sourire aux lèvres.

Le policier répliqua, dérouté: « Mais nous le savons déjà, non ? Il n'y a pas là matière à discuter, non ? »

Le majordome raccrocha, sans même prendre congé. Ses pensées s'emballaient.

« Mr Beanstock, une lettre est arrivée pour vous, elle est sur votre bureau. Un coursier l'a remise, alors que vous étiez dehors. »

Il n'entendit pas les derniers mots de la gouvernante. Il murmura un « merci! » à peine intelligible et fila comme une flèche en direction de son bureau. Il ouvrit la porte et vit une grande enveloppe marron, épaisse avec une jolie pâquerette en plein milieu. Son visage s'éclaira d'un grand sourire. Il ouvrit l'enveloppe et découvrit plusieurs feuilles de papier jauni, ainsi qu'une pochette fine vert clair, à l'intérieur de laquelle se trouvait un unique feuillet avec une belle écriture fine. Il ne pouvait pas déchiffrer le cachet sur le bas de la page. Il lut le contenu et leva alors lentement la tête. Il tira le fauteuil vers lui et s'assit.

« Je ne m'attendais pas du tout à cela », murmura-t-il, alors que le document frémissait dans sa main.

## « JE N'OUBLIE RIEN -
## PAS UN ACTE,
## PAS UN NOM,
## PAS UN VISAGE… »

Tout était sombre. Un mince filet de lumière, dans lequel dansaient des flocons de poussière, filtrait sous la porte close.

Elle leva la tête, sa première pensée étant où elle se trouvait. Que lui était-il arrivé ?

Des coups sourds martelaient ses tempes. Comme chaque jour, elle s'était fait une tasse de thé, avait grignoté un bout de pain grillé, puis s'était mise en route pour le travail. Non ! Stop ! Une pensée lui traversa l'esprit. Etait-ce inexact? Une tasse de thé l'attendait déjà, lorsqu'elle entra dans la cuisine. Elle avait immédiatement songé, *Quelle délicate attention de la part de Georges, de me préparer une tasse de thé, avant qu'il n'entame sa tournée.* Le thé n'était pas vraiment bon. Et soudain, une immense fatigue s'était emparée d'elle.

Malgré tous ses efforts, c'était tout ce dont elle pouvait se souvenir. Elle tenta de se lever. Mais elle était incapable de faire le moindre mouvement. Tout à coup, elle entendit des pas dans le couloir.

De quel couloir s'agissait-il ? Où était-elle ? Et qu'était donc cette pièce vétuste et sale, dans laquelle elle se trouvait ? Des relents de poussière et de souris emplissaient l'air de la pièce sale. N'étaient-ce pas des piétinements et des frottements de petites pattes sur le sol autour d'elle qu'elle entendait ? Malgré tous ses efforts, elle ne pouvait rien percevoir dans cette obscurité opaque.

Ses yeux s'habituèrent peu à peu aux ténèbres et elle distingua quelques contours vagues et diffus, un buffet, une commode et au centre de la pièce une table.

Elle était assise sur une chaise très inconfortable. Semblable à un serpent rampant doucement, la peur s'insinua dans son cœur.

La porte s'ouvrit et une silhouette sombre pénétra dans la pièce.

Derrière elle, quelqu'un entrebâilla le lourd rideau de la fenêtre, laissant entrer un rai de lumière, tout juste suffisant pour mieux apercevoir quelques objets. « Mensonges, mensonges ! Tout n'est que mensonges ! », murmura une voix contre son cou. Elle sentit un fourmillement d'horreur dans le cuir chevelu.

« Ce ne sont pas tes mensonges qui m'ont atteint, mais le fait que je ne puisse plus croire en toi. »

L'individu allait et venait dans la pièce.

« C'est ce que Nietzsche disait dans son livre *Au-delà du bien et du mal*. Voilà qui convient parfaitement, n'est-ce pas ? Tu peux regarder à loisir autour de toi, ma chère, nous parlerons plus tard de tes méfaits. »

Il ouvrit d'un coup sec le rideau et laissa entrer plus de lumière. Elle entendit ensuite la porte se refermer, des pas s'éloigner et elle poussa enfin un soupir de soulagement. La voix ne lui semblait pas étrangère, mais il avait parlé à voix très basse.

Elle jeta un regard autour d'elle, reconnut la pièce où elle se trouvait et elle se mit à trembler de tout son corps. Tout près d'elle, une marionnette trônait sur la commode, jadis magnifique, en bois de cerisier sauvage, à la chaude

205

couleur rougeâtre. C'était un clown à la tignasse rousse, un large sourire éclaircissant son visage peint. Elle reconnut immédiatement la poupée préférée d'Emely. Elle n'oublierait jamais le rire heureux de la petite fille, lorsque son papa lui offrit cette poupée.

Emely, aux belles boucles brunes et au visage délicat… Et à côté, la vieille poussette était dans le coin. La dentelle blanche était déchirée et pendait lamentablement en lambeaux tristes et sales dans la poussière.

Elle ne voyait que désolation et poussière. Elle était dans la salle de jeux des enfants Hillman. Elle se trouvait dans la vieille demeure des Hillman. Mais pourquoi était-elle ici ?

A quel jeu perfide se livrait-on avec elle ? La peur l'étreignit et son cœur se mit à battre plus vite et à grands coups.


Beanstock était plongé dans la lecture attentive des feuillets soigneusement détaillés. Le dossier médical stipulait que la mort d'Emely était due à une défaillance cardiaque. Une mort liée à l'état de confusion, au cœur fragile et à l'administration de médicaments puissants. La signature apposée au-bas du certificat de décès était, comme Beanstock s'y attendait, Dr. Richard McLean.

Une liste des médicaments administrés accompagnait le certificat. Vint ensuite un article pour le moins intéressant du Times daté d'août de l'année 1930. Y étaient mentionnés quelques anciens étudiants de l'université de Cambridge qui figuraient également sur un cliché photographique. Ce dernier avait beau être très vieux et jauni, cependant le majordome n'eut pas le moindre mal à reconnaître instantanément l'un d'eux, Richard McLean. Sous la photo, on lisait: *les étudiants Kim Philby, Guy Burgess, Anthony Blunt, Donald et son frère Richard McLean ainsi que John Caircross, de gauche à droite, félicitent chaleureusement leur doyen, Sir Reginald Barcley.* Voilà une preuve amplement suffisante.

Si l'inspecteur devait considérer que ces pièces étaient insuffisantes, alors on pourrait demander à l'université de Cambridge d'autres documents. Ainsi l'identité de McLean alias Van Horten serait établie une fois pour toutes. Fort était à parier que les services secrets de Sa Majesté fussent eux aussi intéressés. Le majordome consulta à nouveau le papier officiel dans la chemise souple verte.

« Pauvre petite ! », murmura-t-il, peiné.

Il devait agir au plus vite. Quand il arriva à la cuisine, les serviteurs dévoués de Parsley Manor étaient occupés avec les préparatifs pour le thé. Il consulta l'horloge murale. Elle frappa dix-sept coups. L'heure du thé. Il était donc si tard ? Il se dirigea vers le téléphone et composa le numéro de l'hôtel Rosebud. La réceptionniste décrocha aussitôt. Beanstock demanda des nouvelles de Mrs Partridge et reçut la réponse escomptée. Personne à l'hôtel ne savait où elle se trouvait. Elle ne s'était pas manifestée. Il appela ensuite Mr Partridge, le facteur, au bureau de poste.

« Qu'entendez-vous par là, Mr Beanstock ? Quand j'ai vu ma femme pour la dernière fois ? Qu'est-ce que ça veut dire ? »

Il semblait alarmé, à l'autre bout de la ligne.

« Je l'ai vue ce matin à la maison. Vous pouvez me dire ce que tout ça signifie ? »

Le maître d'hôtel s'excusa, raccrocha et composa immédiatement le numéro du cabinet des Winterbottom. Le téléphone sonna longtemps avant que quelqu'un ne décroche. Enfin, la voix du Dr. Timothy Winterbottom se fit entendre, il s'excusa de l'avoir fait attendre et expliqua qu'aujourd'hui, le bureau de la réception n'était pas occupé, puis il lui demanda la raison de son appel. Beanstock raccrocha, sans un mot et laissa un docteur irrité et perplexe au bout du fil. Le Dr. se remit à son travail et continua à préparer la seringue pour que le petit Charly tout tremblant reçoive enfin le vaccin depuis longtemps nécessaire. Il aurait ensuite tout le loisir de s'irriter d'une telle impolitesse, qui n'était pas dans les habitudes du majordome.

Ce dernier était debout près du téléphone et réfléchissait. Phillis, qui de la cuisine avait tout entendu, s'approcha de lui, dans la salle à manger réservée au personnel.

« Il se passe quelque chose avec ma mère ? Je vous ai entendu parler avec mon père. »

Elle semblait très inquiète et elle triturait nerveusement son tablier.

« Ne vous inquiétez pas, Phillis, je suis persuadé que tout va bien. Mrs Argyle ! », appela-t-il d'une voix forte la gouvernante, alors qu'il se dirigeait à grands pas vers la porte d'entrée de la cuisine. Elle apparut, un plateau dans les mains et regarda, surprise le maître d'hôtel.

« Y a-t-il un quelconque problème ? Vous me paraissez bien pâle, Mr Beanstock. »

« Mrs Argyle, Isidora, je dois m'absenter sur-le-champ. J'espère qu'il n'est pas trop tard. Veuillez veiller au bien-être de nos seigneuries. Je prends la voiture. Appelez le poste de police et envoyer le constable dans la vieille demeure des Hillman. J'ai une petite idée de l'endroit où Mr Van Horten se trouve. »

Le visage rose de la cuisinière pointa à la porte de la

cuisine. Elle tenait une grosse cuiller en bois, d'où dégoulinait de la confiture rouge sur son tablier. Voilà à quoi ressemblait la période de confection des confitures à Parsley Manor. Voyant les traces gluantes autour de la bouche de Mrs Porkpie, Mrs Argyle poussa un soupir.

Le majordome sortit en toute hâte par la porte arrière de la maison qui donnait sur le potager. Mortecai, qui faisait son petit tour comme chaque après-midi, s'apprêtait à aller voir s'il n'y avait rien qu'il pourrait chiper à la cuisine, eut tout juste le temps d'éviter la collision, et il laissa échapper un miaulement scandalisé. Beanstock se dirigea vers le garage.

« Gonzales, vite ! Nous devons aller sur-le-champ dans l'ancienne demeure de la famille Hillman »

« Oui, Oui, *Señor !* Je suis prêt. »

Le chauffeur ne prit pas même la peine d'endosser sa veste propre. Il bondit, comme il était, les manches retroussées et le visage couvert de cambouis, dans la Bentley et fit hurler le moteur.

« Vous voulez dire que ce monsieur disparu est là-bas ? »

« Je le suppose  et j'espère que nous n'arriverons pas trop tard. »

Le véhicule fonça vers la sortie. Harrison, appuyé contre le manche de son balai, jeta un regard d'incompréhension aux deux hommes et secoua la tête, consterné.

« Qu'est-ce qu'il y a cette fois-ci ? Lentement mais sûrement, cette maison se transforme en asile d'aliénés », bougonna-t-il.  A la fenêtre du salon surgirent les visages stupéfaits de Sir Percival et Lady Fedora. Harrison  se tourna vers eux, puis haussa les épaules.

A ce moment précis, le facteur, Mr Partridge, surgit du

coin de la rue, sur son vélo. Il immobilisa sa bicyclette près du valet et suivit des yeux la voiture qui filait à toute vitesse. Phillis et Mrs Argyle apparurent à la porte d'entrée. La fille de cuisine courut vers son père et l'enlaça.

« Qu'est-ce qui se passe ici, ma fille ? », interrogea-t-il cette dernière, qui le regardait décontenancée.

« J'ai appris de l'hôtel que ta mère ne s'est pas présentée à son travail, ce matin. Ensuite Mr Beanstock me demande de ses nouvelles. »

Mrs Argyle posa une main réconfortante sur ses épaules.

« Mr Beanstock pense que l'éditeur de milady se trouve dans l'ancienne demeure des Hillman. Mais j'ignore quel lien cela pourrait avoir avec votre femme. »

Le postier ne dit pas un seul mot. Ses pensées se bousculaient. Il connaissait l'affinité de sa femme avec les Hillman.

Il fit demi-tour avec son vélo, lança à Mrs Argyle de prendre soin de Phillis  et se mit à pédaler comme un forcené, on eût dit qu'il avait le diable à ses trousses.

Lady Fedora sortit, elle passa un bras réconfortant autour des épaules de Phillis et lui souffla quelques mots apaisants.

« Une tasse de thé te fera le plus grand bien, mon enfant. »

Elle lança un clin d'oeil complice à la gouvernante. Mrs Argyle opina du chef. Avant qu'elles ne referment la porte, Junior se faufila hors de la maison, en aboyant furieusement, s'élança sur l'esplanade à la poursuite de la Bentley, qui avait depuis longtemps disparu derrière le virage. Quand il prit conscience que c'était peine perdue, il s'allongea de tout son long en travers de l'allée.

Perché, à l'abri, sur le muret du potager, Mortecai ne

quittait pas des yeux son meilleur ennemi. Un observateur attentif aurait presque pu lire de l'ironie dans son sourire. De sa patte de velours, il lissait, amusé, les longs poils blancs de sa moustache soignée et sa queue noire et très touffue exécutait, avec nonchalance, une danse souple, gracieuse et ondulante.

Mrs Partridge avait en vain essayé de se libérer des liens qui la maintenaient ligotée. Ils ne bougèrent pas même d'un seul millimètre. Ses articulations étaient maintenant très douloureuses.

Elle entendit des pas dans le couloir.

Quelle heure pouvait-il être ? Elle avait perdu toute notion du temps.

Elle avait l'impression que la nuit tombait. La porte s'ouvrit. Quelqu'un posa quelque chose au centre de la table. Elle perçut le frottement d'une allumette et la pièce s'éclaira. Enfin, elle pouvait mieux voir. Elle aurait cependant préféré qu'il en fût autrement, et ne rien voir du tout. Un homme allait et venait dans la pièce et fredonnant à voix basse une mélodie.

*« Little Jack Horner*
*Sat in the corner*
*Eating a Christmas pie*
*He stuck in the tumb*
*And pulled out the plum and said*
*What a good boy*
*What a good boy am I. »*

Mrs Partridge n'en croyait pas ses yeux.

« Simon, mon garçon, qu'est-ce que tu fais là ? Détache-moi ! »

« Chut, chut, chut, ma douce maman, ma si bienveillante et attentive MAMAN ! » Il insista excessivement sur le mot « maman ».

« Tu te rappelles la fois où je suis tombé malade ? J'avais six ans et j'avais une terrible coqueluche. Tu m'as toujours chanté cette berceuse. Tu t'en souviens ? »

Simon se plaça droit devant sa mère et hurla contre son visage ces derniers mots : « *What a good boy am I* ? Je suis un bon garçon, non, MAMAN ? »

Des gouttes de sueur perlaient sur son front et son regard était agité.

« Comment c'était déjà ? Ah, oui ! Emely est devenue dépressive, suite à la mort de ses parents et sa tante n'a rien trouvé de mieux que de la placer dans une clinique psychiatrique. Il ne fallait surtout pas que les gens remarquent quoi que ce soit, n'est-ce pas ? Cela aurait été très embarrassant. Et il a fallu, en plus, qu'elle tombe entre les mains de ce médecin pour débiles, ou peut-être devrais-je dire ce médecin fou à lier, Dr. Richard McLean. Elle n'était pour lui qu'un cobaye. Il a provoqué sa mort avec son maudit poison et il a fait passer cela comme une mort suscitée par une défaillance cardiaque. Un homme maléfique, non ? Tu es de mon avis. Alors je me suis occupé personnellement de lui, bien sûr. Tout comme je me suis occupé auparavant de la tante d'Emely, cette mauvaise personne, tu sais? Oui, je suis convaincu que tu le sais déjà. »

« Simon, qu'est-ce que tu racontes ? Non, je n'en savais rien. »

« Mensonges, mensonges, bouche fourbe, tu meurtris et tourmentes l'âme. »

Simon tourna le fauteuil de Mrs Partridge vers la table, pour qu'elle puisse voir tout ce qui y était disposé. Autour de la lumière vacillante de la bougie, se trouvaient mille et une choses : un étui à cigarettes chatoyant en or, un petit coffret en bois au couvercle serti d'une belle rose vermeille fanée et une pile de lettres liées par un ruban vert.

Mrs Partridge reconnut les lettres.

« D'où as-tu donc ces lettres ? »

« Tu les avais pourtant si bien cachées, n'est-ce pas ? Mais peut-être aurais-tu dû les brûler ? Ah ! Cette manie qu'ont les vieilles personnes de tenir à tout garder. C'est une vraie malédiction, n'est-ce pas ? »

« Simon, tu fais fausse route. Laisse-moi t'expliquer. »

« Il n'y a rien que tu puisses m'expliquer. Tu as laissé faire et Emely, portant un bébé en son sein, a été livrée à ce monstre dans cet asile psychiatrique. Tu n'as rien dit, quand on lui a pris son bébé à la naissance et tu t'es aussi accommodé de sa mort. Est-elle morte, le coeur brisé ? Non, elle a succombé lamentablement aux affres du poison. Comment ont été ses derniers instants, ses dernières heures d'agonie ?

Désespérément seule, sans son bébé, sans la moindre consolation et en proie à des souffrances intolérables ?

Tu as accepté que la bienveillante tante Agatha et le Dr. McLean déposent l'enfant dans tes bras et après cela, tu es tout simplement partie. La gentille tante était satisfaite. Dorénavant, elle avait une petite fortune et aucun descendant de la famille Hillman ne réclamerait son dû.

Par chance, Priscilla a eu la chance de se mettre hors d'atteinte. Et tu as également trahi ma tante Priscilla. Si seulement elle n'était pas revenue. Elle serait toujours vivante, et la pauvre Bernice aussi. Oui, tu as également cette jeune fille sur la conscience. Quand j'ai découvert les lettres, que tu as reçues de tante Agatha et de ce docteur, alors un voile s'éclaircit et tout me parut limpide. Je me suis chargé du sort de la si gentille tante et ensuite du Dr. McLean. Tu souhaites lui dire un petit bonjour, mère ? »

Simon se dirigea vers la porte, l'ouvrit et tourna alors le siège de sa mère en direction de la porte. De la rampe des escaliers pendait une corde qui disparaissait en bas des marches. Simon poussa le fauteuil vers la porte et elle vit avec effroi la tête de l'éditeur balancer.

Elle ferma les yeux devant cette vision horrible.

« Je n'aurais certainement jamais appris qu'il séjournait au manoir, mais je tenais absolument à faire la connaissance de ma tante Priscilla. Alors j'étais le soir au bas de sa fenêtre. Elle était si belle. Emely devait être belle, elle aussi. Et le jour de la réception, je suis entré dans la maison. Je t'ai observée, alors que tu étais tapie dans les buissons. Toi aussi, tu brûlais de la voir, pas vrai ? Il s'en est fallu de peu pour que tu ne découvres ma présence. Et alors, je le vis. Il était là, son sourire arrogant sur son visage hideux et il se sentait intouchable, hors de portée. Je n'ai eu aucun mal à le reconnaître, j'ai mené une enquête très poussée, le sais-tu ? Lorsque j'ai passé, à Londres, mes examens, pour obtenir mon diplôme d'aide-soignant, j'avais beaucoup de temps pour mes recherches. Malheureusement, je n'ai pris conscience que bien trop tard qu'il voulait faire du mal à Priscilla. Je ne m'y étais pas attendu. »

« Mais, Simon, je ne voulais qu'apporter mon aide. Cela aurait été épouvantable que tu sois abandonné dans un orphelinat. »

« Tais-toi ! », poussa Simon dans un gémissement et il s'approcha, menaçant, de son fauteuil.

La Bentley filait à une allure impressionnante sur la route, pourvue de nombreux virages. Gonzales conduisait, très concentré les yeux rivés sur le chemin, les mains fermes autour du volant. Les mains de Beanstock s'agrippaient à l'étoffe de son siège. Après seulement dix minutes, ils atteignirent l'allée menant à la jadis splendide demeure des Hillman. La nuit tombait doucement.

Des nuages sombres et menaçants annonçaient un orage imminent. Déjà des éclairs zébraient le ciel au loin et le tonnerre lointain rugissait.

Le portail en fer forgé pendait dans un équilibre très précaire dans ses gonds rouillés et l'accès jusqu'à la maison était maintenant envahi de mauvaises herbes et de mousse. Des feuilles mortes voltigeaient, emportées par le vent qui commençait à souffler.

Les deux hommes descendirent de la limousine.

« Auriez-vous par hasard une lampe de poche dans la voiture, Gonzales ? », demanda le majordome en levant un regard passablement inquiet vers la façade sombre de la maison.

Gonzales ouvrit le coffre à bagages et sortit une lampe de poche de la boîte à outils. Il vérifia rapidement si elle fonctionnait et fit, satisfait, un signe de tête au majordome.

Ils s'approchèrent à pas de loup de la maison.

« Il ne manque plus que le hululement d'un hibou, comme dans tous les films d'épouvante », murmura Gonzales à l'oreille du maître d'hôtel. Et comme sur commande, le chouchement d'une chouette se fit entendre. Les deux hommes se regardèrent, les yeux écarquillés et les sourcils haussés.

Gonzales se pencha un court instant et ramassa quelque chose sur le sol. Il tenait une grosse branche et l'examina, la tournant et retournant dans ses mains; après quoi, il suivit, ravi, le majordome. Beanstock s'arrêta.

« Qu'avez-vous l'intention de faire avec ce gourdin ? », chuchota-t-il.

« *Nunca se sabe*, señor Beanstock », répondit le chauffeur.

« Pardon ? »

« *Maldito*, on ne sait jamais ! »

« Pourquoi ne pas le dire tout de suite ? »

Ils poursuivirent, prudemment, leur chemin. Quand ils furent devant la porte d'entrée, Beanstock colla son oreille contre elle, guettant le moindre bruit à l'intérieur. Il n'ouïrent aucun son. Il poussa doucement la porte entrebâillée. Elle s'ouvrit dans un grincement, qui leur fit marquer un temps d'arrêt. L'oreille pointée, il écoutait. Tout était silencieux.

Dans le vestibule, le maître d'hôtel éclaira lentement de la lampe la pièce. Ils se faufilèrent vers les escaliers, pour gravir les marches. Avant même d'atteindre l'escalier, ils perçurent, soudain, un grincement. On eût dit une corde dans le gréement d'un navire, que le vent agitait. Beanstock braqua la lampe vers l'étage au-dessus d'eux. Gonzales pressa la main sur sa bouche. Devant leurs visages, se balançaient une paire de jambes au bout desquelles se trouvaient, comme l'observa mentalement le majordome, des chaussures coûteuses faites sur mesure.

« Je dirais qu'il s'agit de véritables Mufforts & Portermans, une maison de renom », fit-il remarquer à voix basse. Suivant le faisceau de la lampe, ils levèrent les yeux et reconnurent Mr Van Horten, dont les yeux étaient exorbités et le visage avait pris une couleur bleuâtre.

Au même moment, ils entendirent un chant, qui provenait du premier étage. Sans bruit, ils grimpèrent, une à une, les marches. Derrière une porte, ils distinguèrent des bribes de voix. Lorsqu'ils s'approchèrent, Beanstock reconnut ces voix familières. Ce que les deux hommes entendaient ne faisait que confirmer les soupçons du majordome. C'était l'aveu du meurtrier.

La porte s'ouvrit brutalement. Un rayon de lumière tomba sur le couloir. Gonzales eut à peine le temps de se réfugier à l'ombre, de l'autre côté de la porte, tandis que Beanstock se tenait pressé, à droite, contre le mur. Des pieds de chaises raclèrent sur le sol et un sanglot, lorsque Mrs Partridge reconnût l'éditeur. Ils tendirent l'oreille et enregistrèrent les confessions de l'assassin. Il plaçait les dernières pièces, manquant au puzzle du maître d'hôtel.

Quand Simon, hors de lui, se tourna vers Mrs Partridge et lui enjoignit, en vociférant contre son visage, lui intimant de se taire, le majordome fit un signe à Gonzales. Il lui lança un regard encourageant et remuant les lèvres en silence, il compta à rebours, à partir de trois. Ils bondirent alors tous deux sur Simon et le jetèrent au sol. Il s'ensuivit une échauffourée, au cours de laquelle Simon ne fut pas le seul à goûter au gourdin de Gonzales, mais aussi le maître d'hôtel. Ils parvinrent enfin à maîtriser le jeune homme. Il était là, le visage rouge de colère, bouillonnant de rage. Gonzales se saisit d'une embrasse à rideaux et ficela Simon, jusqu'à ce qu'il fût incapable du moindre mouvement.

Beanstock détacha Mrs Partridge et on entendit au loin des véhicules de police approcher. Beanstock ferma les yeux, soulagé. Mrs Partridge s'agenouilla contre son fils et sanglotait doucement.

« Qu'as-tu fait, Simon ? Je n'ai pas pensé à mal. Je ne

pouvais rien faire pour Emely, mais je pouvais au moins, t'arracher, toi, des griffes de cette tante. Elle t'aurait abandonné sans le moindre scrupule aux mains de ce docteur et il t'aurait assassiné, toi aussi. Tu es mon petit Simon. »

« Je n'ai jamais été ton Simon », lança le jeune homme entre ses dents en détournant son visage.

Lorsque Beanstock entendit des pas rapides gravir les marches des escaliers et qu'il aperçut la lueur vacillante de lampes de poches, il se tourna vers la table. Il ouvrit presque avec tendresse le petit coffret en bois et contempla les objets de pacotilles que Bernice avait gardés là, comme un véritable trésor. Il caressa du doigt toutes ces petites choses qui avaient signifié tellement pour elle. Et il vit alors l'étui à cigarettes en or et un doux parfum de vanille flotta dans l'air.

« *Shalimar* », murmura-t-il.

L'inspecteur Greenwood surgit, accompagné du constable et de plusieurs officiers en uniforme, qu'il avait ramenés en renfort de Londres. La police scientifique se mit au travail et emportèrent Van Horten, alias McLean, pour le confier au médecin légiste.

Mrs Partridge était prostrée, anéantie, et le Dr. Winterbottom, qui avait été appelé, la fit transporter à l'hôpital le plus proche, elle avait besoin de repos. Son mari était auprès d'elle, il était arrivé en même temps que l'inspecteur et il était dépassé par l'ampleur de ce qui venait de se passer.

Beanstock sortit le certificat la chemise souple verte et le remit à l'inspecteur.

Le docteur Winterbottom, lui aussi, lut attentivement le certificat de naissance daté de décembre 1929. Il y était enregistré la naissance, en bonne santé, d'un petit garçon,

Simon Patrik Hillman. Le visage blême et les yeux remplis de larmes, il rendit le document officiel à l'inspecteur. Il n'avait pas seulement perdu le meilleur aide-soignant, qui n'ait jamais travaillé avec lui. Il était surtout dévasté, car il réalisait que son propre fils avait travaillé de longues années à ses côtés, ignorant tous deux le lien qui les unissait. Simon non plus ne connaissait pas l'identité de son père. Cela ne l'avait jamais intéressé.

A quel moment cela s'était-il développé en psychose ? Et quand avait-il accumulé tant de colère ? Qui pourrait jamais répondre à ces questions ? Il fut transféré immédiatement à Londres, dans l'attente de son procès. Il échapperait sans doute à la peine capitale, son avocat, s'appuyant sur une expertise psychiatrique, établissant que Simon était incapable de discernement et sujet à de nombreuses tendances pathologiques. Si le procès lui était favorable, il passerait le restant de ses jours dans une institution psychiatrique pour grands criminels.

« Quelle histoire épouvantable ! Tant de vies brisées en un instant ! » Lady Fedora s'enfonça dans son confortable fauteuil dans le salon, en poussant un long soupir, le regard perdu à l'horizon. Beanstock versa du thé dans une tasse et la lui tendit.

« Si je puis me permettre, Milady... Tante Agatha Eugénie Hillman est à l'origine de tout cela. Certes, on ne devrait jamais céder, après coup, à la tentation de  jouer avec des si, des mais et des peut-être, cependant, si cette malveillante dame n'avait pas placé Emely Hillman dans cet hôpital, tous ces malheureux seraient encore de ce monde. Même la cruelle tante Agatha. »

La vie reprit son cours. Le valet Harrison put enfin

déboucher les toilettes de la chambre bleue. Le jardinier, Mr Herringbone, lut, en secouant la tête, incrédule, dans son grand ouvrage sur les plantes, une description très détaillée sur les caractéristiques de la plante de ricin. Mrs Porkpie fit honneur à son talent et sa réputation de cuisinière hors pair et elle confectionna des pots de confiture à profusion.

Phillis, la fille de cuisine, se remettait tout doucement du choc d'apprendre que son frère n'était, en fait, pas du tout son frère.

La camériste de Milady, Filomène Arbuckle, projetait d'entreprendre un voyage, ce dont elle rêvait depuis longtemps ; de tout le personnel de Parsley Manor, elle avait été celle qui avait été le moins bouleversée de toutes ces tragédies.

La gouvernante, pour sa part, s'était enfin décidée à embaucher une jeune fille, au nom d'Elizabeth Trilby, venant de Londres et qui avait présenté d'excellentes références ; elle conviendrait à merveille à Parsley Manor. Les semaines à venir allaient en décider.

Finalement, Mrs Isidora Argyle n'avait pas été inquiétée par son passé, puisque le majordome avait réussi à ne pas la mêler à l'enquête menée par l'inspecteur. Il n'avait pas divulgué ses sources, fût ce Mrs Argyle ou l'organisation *Daisy-Chain*. L'inspecteur, après avoir montré maintes fois son exaspération, dut finalement se résoudre à accepter le silence impassible du maître d'hôtel.

Les preuves nécessaires furent obtenues par voie légale et une partie fut même confisquée par les services secrets de sa Majesté. Une enquête s'ensuivit, impliquant le docteur McLean, son frère et quelques étudiants de Cambridge, soupçonnés d'espionnage.

Mr Beanstock était enchanté de se plonger à nouveau dans la lecture de ses romans policiers et espérait secrètement que les seuls crimes commis seraient ceux écrits dans ses livres. Le soir venu, il était assis, confortablement installé dans sa chambre agréable. De la fenêtre ouverte, montait le parfum délicat de roses en fleurs et des effluves de menthe épicée jusque dans sa chambre. Il tenait à la main *un meurtre est annoncé*, le dernier roman de son écrivain préférée, Agatha Christie.

*Enfin, Miss Marple enquête de nouveau, avec son flair infaillible, pour deviner les tragédies humaines*, pensa-t-il, avec un sourire ravi.

Son regard se perdit un court instant au loin. Un peu d'effervescence offrait un contraste rafraîchissant à son quotidien paisible. Il sourit, certain qu'il ne s'était pas agi là de son ultime affaire à élucider.